光文社文庫

織田一

丹羽五郎左長秀の記

『織田一の男、丹羽長秀』改題

佐々木　功

光　文　社

目次

序章　江戸城西の丸御殿　中奥御座之間……5
一章　大乱……11
二章　仇討ち……87
三章　分裂……151
四章　混迷……238
五章　胎動……289
追章　駿府城奥御殿　徳川家康臥所……340
解説　細谷正充《ほそやまさみつ》……350

序章　江戸城西の丸御殿　中奥御座之間

寛永《かんえい》四年（一六二七）、江戸幕府徳川《とくがわ》政権は、まさに隆盛期に入ろうとしていた。大坂城が落城し豊臣《とよとみ》家が滅んだ大坂夏の陣から十二年。今や、幕府に敵対する者はなく、すべての大名は、徳川将軍の前に跪《ひざまず》いた。

三河岡崎《みかわおかざき》の一勢力からのし上がり、天下をとった初代将軍徳川家康《いえやす》も十一年前に世を去っている。今、幕府はすでに三代将軍家光《いえみつ》の代となっていた。

「盤石《ばんじゃく》よの」

江戸城西の丸御殿、表と奥を繋ぐ中奥御座之間《なかおくござのま》で、徳川秀忠《ひでただ》は呟《つぶや》いた。

二代目の将軍であった秀忠は、元和《げんな》九年（一六二三）将軍職を家光に譲って隠居している。だが、父家康がそうしたように大御所《おおごしょ》として実権を握り続け、この西の丸で政務を続けた。

傍《かたわ》らに老中筆頭土井利勝《どいとしかつ》が控えている。

「まこと、かような泰平の世がきますとは」

重々しい声音で頷《うなず》く。秀忠側近の中でも一番の切れ者、幕閣の中でも最重鎮、家康の庶子である、という噂まである男である。

「しかし、こたびの仕儀」

利勝は少し声音をさげた。

「丹羽《にわ》殿はちと……」

このたび、幕府の仕置で外様大名の配置転換が行われる。

その中で、継嗣《けいし》なく藩主が没した会津《あいづ》六十万石の蒲生《がもう》家が改易となり、代わって伊予《いよ》から加藤嘉明《かとうよしあき》が四十万石で会津若松《わかまつ》へと入部。他に蒲生領であった白河《しらかわ》城には、丹羽長重《ながしげ》が入ることとなった。

これにて丹羽長重は、棚倉《たなぐら》五万石から倍増の十万石に加増。

先年、立花宗茂《たちばなむねしげ》が旧領柳川《やながわ》十万石に復帰したのに続き、またも一度落ちぶれた外様大名家が十万石取りの大名に返り咲いた。天下分け目の関ケ原《せきがはら》合戦にて家康に敵対した西軍大名としては二人目であり、のちにも、これは立花、丹羽の二家のみとなる厚遇であった。

この仕置には、かねて秀忠の御伽衆《おとぎしゅう》であった長重を推す、大御所直々の御内意もあった。

「いや、筑後《ちくご》侍従を柳川に戻すのとは、少々話が違うように思えますが」

さすがに利勝ともなると、腹中の疑念はあまさず打ち明ける。それだけ秀忠と親密であり、信頼厚き土井利勝であった。

筑後侍従、勇将立花宗茂の名前は天下に轟《とどろ》いていた。

戦国末期、あの薩摩島津《さつましまづ》と戦って屈せず、秀吉《ひでよし》の朝鮮出兵では大陸までその勇名を響かせ、天下一の猛将とたたえられた伝説の武人。関ヶ原合戦で徳川に抗し、降伏するもその潔き振舞い、その後の幕府への忠節、大坂の陣での戦功等々、数々の功績は、旧領返り咲きも当然、順当と言えば順当な仕置であった。

だが、丹羽長重は、というと。

利勝は首をかしげる。

「大御所様のお気に入り、というだけでは、ちと、筋が通りませぬな」

丹羽家は名家である。

丹羽といえば、長重よりも知られるのは、その父、丹羽長秀《ながひで》だった。

丹羽長秀は織田信長《おだのぶなが》に仕えて、織田四天王とまでいわれた重臣。信長亡き後は秀吉に肩入れし、一時は越前《えちぜん》百万石の大大名となった。

しかし、その子、長重の代になると丹羽家は、縮小につぐ縮小、あげくに関ヶ原で西軍に参じ、一度家を潰《つぶ》した。

その後もさして目立った働きもないまま、家康、秀忠の慈悲で、大名としてじょじょに復活をしてきた程度でしかなかった。

「依怙贔屓《えこひいき》ではないぞ」

秀忠は穏やかな顔に少し力を込めた。若い頃は父家康にその柔弱を叱責されつづけた秀忠も、いまや充分な貫禄をそなえた大御所である。

それでも利勝は怪訝《けげん》そうに言葉尻をあげる。

「外様大名を持ち上げて、幕府の名声をあげるには、立花だけで充分では」

家康、秀忠は関ヶ原後、そして豊臣滅亡ののち、豊臣恩顧の外様大名を苛烈に扱った。為したのは、家康ではない。家康死後、果断にそれを行ったのは、二代将軍秀忠であった。

そして、それを為すことこそ家康の遺志でもあった。

「大樹（将軍）よ、これからは真に大樹の御世《みよ》である。わしが生きていて、わしとの縁で生き残っている豊臣大名たち。そのしがらみはわし一代のもの。大樹が天下の仕置をするのに、それが邪魔になるなら、心置きなく取り除かれよ」

秀忠はその言葉に従い、家康以上の冷徹さで、幕府脅威の芽を摘んだ。

加藤清正《かとうきよまさ》、福島正則《ふくしままさのり》、田中吉政《たなかよしまさ》、堀尾忠氏《ほりおただうじ》など、本人またはその子らが、寛永年間に次々改易され、取り潰された。理由は様々だが、外様大名たちが恐れをなした事に違いはない。

しかし、世は厳しいだけでは治まらない。その苛烈な仕置の合間に、寛容と適正な登用を示し、万民に徳川幕府の権威を見せつける必要がある。

そんな生きた大名の見本は、柳川復帰の立花宗茂で充分であった。

「丹羽家には、徳川が報いねばならぬ、大恩がある」

秀忠がきっぱりと言い切ると、利勝は顔をしかめる。

「恩？　さほどの恩がございましょうや」

いかにも腑に落ちぬ、という顔である。

それはそうである。

丹羽長秀の代に遡《さかのぼ》っても、それほど大きな誼《よしみ》が、徳川家と丹羽家にあったとは思えない。

秀忠は、口元に微笑を浮かべた。

「じつはな、利勝」

声音を下げる。

「権現様（家康）がご逝去前に、余を枕頭《ちんとう》に呼び、打ち明けられた」

近《ち》こう、近こうと手招きをする。

利勝が身をにじらせ、耳を傾ける。

秀忠は小声で語りだした。

その声が小さく響くたびに、利勝の目が大きく見開かれていく。

「そ、そのような因縁が、徳川と丹羽にありましたとは」

沈毅《ちんき》な利勝とも思えぬほど、その声が上擦《うわず》っている。

「それでは、徳川に天下を取らせたのは、あの男、ということとなりますな」

利勝が叫ぶように言うと、秀忠は人差し指を口に当て、しいっ、と息を鳴らす。

目尻に笑みを浮かべて、小さく頷いていた。

一章　大乱

今、筆を手にして、真白き紙を広げ、はたと考え淀んでおります。

いったい、私がこの記を書き始めるのにあたって、なにから書けば良いのでしょうか。

そもそも、私はこの記録を書くべきなのでしょうか。

本人すら望まない、この記を。

いや、やはり、書かねばならぬのでしょう。

おそらく、私、この太田牛一《おおたぎゅういち》以外書けない、あのお方のことを。

そして、私が書かねば、歴史に埋もれていくであろう、あのお方の真の姿を。


私は、天下人織田信長様に、京の都でお仕えしておりました。

侍、私の事を侍といってもいいのでしょうか。

これでも若い頃は剛弓をひく強者《つわもの》であり、信長様近侍《きんじ》六人衆のうち弓三張の一人として鳴らしたものです。

ですが、侍とはいえ、いくさ人ではありますまい。

若者と呼ばれる時期を過ぎた私は、いくさ場で敵の首級をあげる武人というより、政《まつりごと》の一端を担う奉行として年を重ねてまいりました。

織田信長様について。これは改めてお話しすることもないでしょう。

ここに、私が書かんとしている方とは、織田信長様ではございません。

信長様の史伝は別にしっかりと記しております。

こちらは、あの偉大なる天下人の栄光と苦闘の実記。必ずや日の本の国に生きる後世の方に必要な記録となるでしょう。それだけの自負をもってその執筆に取り組んでおります。

今、私が書こうとしているのは、違うのです。

信長様について書くというのなら、こんなにも思い悩むことはありません。

さて、なにから書きましょう。

やはり、あの日のことから、となるのでしょう。

あの日、あの本能寺《ほんのうじ》が燃えおちた夏の朝。

驚天動地の大乱のことから書き出さねばならないでしょう。

本能寺、炎上

「なんてことを」

私は、無我夢中で、汗だくの面《おもて》を拭きながら、何度も、呟いておりました。

夜が明けつつあります。夏の陽が強く大地を照らし始めていました。

今日も暑い日となるのでしょう。だが、暑さなど感じるゆとりはありません。

目の前の大事に身も心も焼き尽くされ、そんなことすら、忘れてしまう。この日、織田家臣はきっと、皆、そうだったのです。

私は、都の南西油小路《あぶらのこうじ》通りの脇道を、人目を避けながら駆けておりました。

振り向けば、真後ろの方角から黒煙が立ち上っておりました。

あれは本能寺の焼ける煙でしょう。おぞましい黒煙は、まるで天下人織田信長様を天に連れさるかのように、高々と湧き上がっております。

軍勢の勝鬨《かちどき》が遠くさざ波の様に聞こえました。

あれこそ、信長様がお命を落としたという合図。

恐ろしい、ああ、なんと恐ろしいことを。

私は思わず耳をふさぎ、その忌まわしい響きを断ちました。

変事を教えてくれた所司代村井貞勝《しょしだいむらいさだかつ》様は、妙覚寺《みょうかくじ》の織田中将信忠《のぶただ》様へ異変を報じるため、駆け去りました。

村井様のお屋敷は本能寺のすぐ近く。それでも明智《あけち》の水色桔梗《ききょう》の旗印が十重二十重《とえはたえ》に囲んで寺に入れなかったということは、どれだけの軍兵が粛々と都を埋めたのか。

村井様は、その後、妙覚寺へたどり着いたのでしょうか。

あの明智の大軍。信忠様に会えたとしても、その周りには数百の武者しかおりません。ともに戦うといっても多勢に無勢。うまく逃げていただけると良いのですが。

いや、多勢に無勢といえば、信長様。本能寺にいたのは、近習《きんじゅ》、小姓《こしょう》などわずか数十。

本能寺の伽藍《がらん》はあっという間に炎を噴き上げ始めたのです。

所司代村井様をはじめとした、都の織田家臣たちは、兵を持っておりません。

突然あのような大軍に乗り込まれては、抵抗する術《すべ》もないのです。

私はとにもかくにもこの変事を伝えるべく、駆け出しました。

天下人、織田信長様の死がいったい何をもたらすのか。

織田家の一奉行である私がなにをするべきなのか、そんなことはまったくわかりません。

いや、すべての織田家臣がそうでしょう。それだけ、信長様は絶対なる主君でございました。

(とにかく、この変事をつたえるしか)

それに全身全霊をそそぐことしか、今、私のすべきことはありません。今の命の危険、これからの不安、そんなことを振り払うようにとにかく前へ進む。それだけしかできないのです。

(伏見《ふしみ》にいたれば、舟がみつかるか)

陸路は危険。それに馬は使えません。目立ってしまいます。明智勢の哨戒、そして落ち武者狩り。時折、街道を行き交う民とて、敵かもしれません。

(いっそ、ただの民ならば)

そんな意味なき思いが胸の中を去来します。少なくとも、捕えられたりはしないでしょう。ただ、この乱に紛れた野盗に身ぐるみはがれるかもしれませんが。

それぐらい都はざわつき始めていました。家財を抱えて、郊外へ逃げ出そうとする者。ここなら焼かれぬと、御所へ逃げ込もうとする者。

明智の手勢が押しとどめてはおりましたが、民の動揺は鎮められません。私も、その騒擾《そうじょう》に乗じて屋敷を抜け出すことができたのです。

しかし、難しいのはここから。

信長様の弓衆であり、都で奉行も務めていた私は文武の織田家臣に顔が知れ渡っております。明智勢の中にも知り合いが多いのです。

そもそもここへ至るまでも、とにかく人目をさけ、路地に潜み、物陰を選んで駆けて来ました。先ほどまで女の小袖を羽織っておりました。明智は女に危害は加えないのです。

伏見から舟で宇治川《うじがわ》、淀川《よどがわ》とくだっていけば、大坂へと至ります。

だが、舟を出してくれるものはいるのでしょうか。それは果たして味方なのか。

いや、敵の方が多いでしょう。織田家臣の私を捕縛して明智に差し出せば、大いなる恩賞にあずかれるのですから。

右手に東寺《とうじ》の五重塔が見えていました。

油小路通りも東寺を過ぎれば、むしろ草深い田舎のようになり、人通りもまばらでございます。

その頃の都の南は、のちに秀吉が伏見に城を造り、大名屋敷が軒を連ねる城下町ではありません。

応仁《おうにん》の乱での荒廃の跡が生々しく残り、野原は荒れ果て、民家もまばらで夏草が路傍に生い茂っております。この辺りが繁栄するのは、十年ほど先の話でございます。

私は、油断なく左右に目を配り、道端の草むらの陰に身を潜めながら、時に小走りで歩を進めました。

「旦那様」

路傍から声をかけられ、足を止め、面をふせ、腰の佩刀《はいとう》に手をかけました。

農夫のなりをした小男が、小走りに近寄ってきて、跪きました。ほっと一息つきます。

「与兵衛《よへえ》、どうだ」

「いけません」

先を走らせた従者の与兵衛です。応じた顔は渋くゆがんでおりました。

「この先の鴨川《かもがわ》の渡しの手前に、鎧武者たちが二十人ほど柵を編んでたむろしてます」

この男は甲賀《こうか》の出で、もとは間諜、野盗の類《たぐ》いといっていいあぶれ者でした。落魄し、都大路で行き倒れになりかけているところを助けると、妙に懐いて屋敷に住みつきました。なにをするにも器用で手際が良い男です。いつのまにか、私の家人頭のようになっております。

ちっ、と、思わず、舌打ちがでます。

明智の手勢に違いありません。

都落ちしようとする者を押しとどめて、逃げる織田家臣を捕えようとしているのです。

本能寺を襲うと同時に、兵を発して都の各地を張らせる。几帳面な惟任日向守《これとうひゅうがのかみ》、明智光秀《みつひで》らしい、周到な差配でした。

「やはり、鴨川は渡れぬか」

私は目を右手に転じました。桂川《かつらがわ》の方角です。

(桂川など、もっと警固が厳しいだろう)

だが、大坂へいくのに遠ざかるわけにもいきません。

(大坂だ、早く大坂へ)

大坂にはあのお方がいます。一刻も早く、この異変をつたえなければなりません。

織田一、といわれたあのお方に、でございます。

(どうする)

刻一刻と、事態は悪くなります。

明智の手勢の見廻りも厳しくなり、落ち武者狩りの野伏りも跳梁《ちょうりょう》し始めるでしょう。

進退窮まる、とはまさにこのことです。

路傍で固まる私の耳に微《かす》かに足音が響いてきます。

一人ではありません。七、八人はいるようです。そして馬を引き、荷車を押しています。

茂みに身を潜めました。

「おっ」

商人風の身なりの一行が、近づいてきます。

その真ん中の顔を知っておりました。

(大崎屋《おおさきや》の手の者か)

都の豪商、大崎屋陣右衛門《じんえもん》の大番頭、市之助《いちのすけ》でした。

大崎屋は堺《さかい》発祥の富商です。元は呉服商でしたが、今や売れるものはすべて扱う、と言っていいほど手広く商いをしています。信長様の上洛を援《たす》けたのを機に都にも店を出し、京でも有数の大商人に成長しました。

その大番頭ともなれば、都の政をみていた私は当然顔を知っております。いや、織田家の奉行なら、知らねばいけない顔の一人でした。

（大崎屋なら）

織田家と、そしてこの私、太田牛一とも極めて親しい仲でございます。

だが、果たして信じて良いのでしょうか。

織田家との縁が濃い、ということは、明智光秀とも親しい、ということ。旧足利《あしかが》幕府の臣でもあり、一時期、都の治政を司った明智は都でも顔が広く、町人商人にも懇意の者が多いのです。大崎屋も明智家の出入り商人の一人でございました。

「旦那様、どうします」

与兵衛がかけてくるその声が切迫しております。

わかります。我らは、もう行きづまりの袋小路なのです。

（えい、ままよ）

私は、思い切って、大股で一歩踏み出しました。

大坂城、騒然とするさま

「織田信長公、死す」

その驚天動地の報は、六月二日、畿内一帯に飛び散るように発せられました。

なにせ都で起こった大事でございます。

水色桔梗の旗印の軍兵が都に充満し、信長様の常宿本能寺の全域と、二条の御所が半焼したのです。これはどうみても明智の謀叛《むほん》に間違いない。

都に住まう誰も彼もが、一目瞭然でこの大異変を知りました。

そして、その噂の拡がりは、いくら明智が都の辻々を固めて、戒厳令を敷こうとも、とどめることはできません。

早馬で、徒歩《かち》で、舟で。蠢《うごめ》く人の流れに乗って、波紋のように畿内へと拡がっていったのです。

世にいう本能寺の変は、その日の昼ごろには、摂津国《せっつのくに》大坂近辺の者たちでも、その全容を知っていたそうです。

後に聞いたところ、その報は微かな噂のような形で、大坂城に拠《よ》って四国長宗我部《ちょうそかべ》攻めの出陣支度をしていた丹羽長秀様のもとにもたらされました。

大坂城、といっても、後年秀吉によってつくられたあの巨城ではありません。

つい先年まで信長様に抗していた石山本願寺《いしやまほんがんじ》が焼けた後に、急造で櫓《やぐら》をつくり、木柵をめぐらせた未完の城でございます。

ただ、その城域だけはやたら広大でした。

そもそも石山本願寺といえば、もとは浄土真宗の総本山。

その広大な寺領に、高々と石垣をめぐらし二重三重の堀に囲まれ、数多《あまた》の伽藍をおいた本願寺は下手な山城よりも、兵の収容にむいておりました。

あの信長様が攻めあぐね、落とす事も出来ず、朝廷からの勅使を入れて開けさせた畿内随一の城塞でございます。

そこには、充分、四国征伐の大軍勢を納めることができました。

それこそ、丹羽長秀様がとりかかっていた大仕事だったのです。


丹羽様とその家臣一同が確たる報せを得たとき、このような有り様だったそうです。

「都より参りました」

その男はうす汚れた旅商人の形姿《なりかたち》でしたが、実は侍がそれを装っていたのでしょうか。

一座の前に平伏し、面をあげた男は煤《すす》けた顔の中で、真っ赤な瞳が輝いていました。

肩で大きく息をする男の小袖はいたるところどす黒く汚れていたそうです。

「明智日向守が謀反、上様、本能寺にてご自害」

まるで魂でも吐き出すかのように言った男は、そのまま前のめりに倒れ込みました。

急遽《きゅうきょ》集められた丹羽家臣たちは、驚愕と動揺と焦燥がないまぜになった顔でお互いの顔を見合わせていました。

「まことか」「確かか」「なぜに」

そして、そんな意味のないことばかり、口走っていました。

だが、こんな虚言、噂でも流れるはずがありません。

大坂は、都から目と鼻の先。敵とにらみ合う国境の戦地ではありません。

虚報を撒いて、織田家臣を惑わす必要もないのです。

「と、殿」

あまりに突然のこと、そして、事の重大さに、誰も次の考えが浮かびません。

いや、自分のことよりも、主《あるじ》はどうなのか、そんなことが頭を去来します。

丹羽家臣、坂井直政《さかいなおまさ》殿、江口正吉《えぐちまさよし》殿、村上頼勝《むらかみよりかつ》殿、溝口秀勝《みぞぐちひでかつ》殿、戸田勝成《とだかつしげ》殿らは、一様に主の丹羽五郎左衛門《ごろうざえもん》長秀様の顔を見つめていたそうです。

その目の先の丹羽様は、少し眉間に皺《しわ》を寄せ、視線を落としていました。

極めて穏やかな目鼻立ち、色白で悠然とした風貌。いつもどおりの丹羽様がそこにいました。

なにか強い意志を秘めるかのように、口元だけ固く結んでいました。

(なにを思う)

家臣皆が、知っていました。

丹羽長秀ほど、織田信長とともにあったお方はいません。

織田家臣と言えば、必ず名前が挙がる男、それが丹羽長秀でした。

その侍としての経歴、いや人生そのものが信長様とともにあると言ってよいのです。

だから、この報を、この現実を、主はどう受け止め、なにを思うのか。一同固唾《かたず》を呑んで見守っておりました。

「そうか」

沈黙をやぶって、丹羽様は口を開きました。

「よくぞ、知らせてくれた」

家臣一同、あっと面を上げました。

「大事である。早馬を安土《あづち》、佐和山《さわやま》へ発せよ。明智の手勢、野伏りがいるかもしれん。都から山科《やましな》、大津を通ってはいかん。宇治から間道を使え。情報を集めよ。城門を固め、城下を探れ。ただし、単騎での出歩きは禁ずる。足軽は組頭がまとめ、最低でも三人一組で回れ」

皆、鮮やかな驚きで主の顔を見なおしました。

（さすがは、米五郎左《こめごろうざ》、といわれたお方）

その細やかな指示。そして、その声音はいつもと変わらぬ沈着そのものであった、といいます。

「殿は、一体どうなさるおつもりか」

評定が終わり、物頭《ものがしら》、旗本の士への指示が済むと、老臣一同は誰ともなしに声を掛け合い、城内の一間に集まりました。

「これが真《まこと》なら」

虚報であってほしい、誰もがそう思っていたそうです。

だが、こんな大それた虚言、誰が撒くというのでしょう。しかもそれが都発ということは、紛れもない事実、現実なのです。

都には、いや、都どころではありません。山城国《やましろのくに》、その周辺の近江《おうみ》、摂津、河内《かわち》、和泉《いずみ》、畿内にもう信長様に抗する敵はいません。こんな話、虚言で流そうものなら、その根源は信長様によって一族末代まで滅ぼされるのに違いないのです。

心の慄《おのの》きを隠せないのか、宿老筆頭の坂井直政殿は続けました。

「誰よりも、上様無二の殿よ。これは追い腹など切るのでは」

坂井殿がつぶやくと、一同、瞠目して見返しました。

その視線の強さに、坂井殿は慌てて、

「い、いや、まさかに、そのようなことは」

打ち消したあと、腕を組んで押し黙りました。

周りの一同、皆、目を伏せます。

坂井殿が思わず口走ったことが、もし起こったら。

そんな恐ろしい情景が目に浮かんで、黙然と眉根を寄せていました。

そして、皆、思っていたのです。

（ありうる）

渋い顔でお互いの顔を探るように見つめ合っていました。

「いや、そのようなこと、あってはならぬ」

宿老の中では若手の江口正吉殿が、頭上に垂れ込める妄念を振り払うように叫びました。

「断じてならんぞ。むしろそんなことが起こらぬよう、しっかりお支えするのが、我ら丹羽家臣の務めではござらんか」

その鋭い声音に、一同、瞳の力をとりもどしました。

皆、あまりのことにすっかり忘れていたのです。

ここにいるのは織田信長の家臣ではない。丹羽長秀の家臣ではないか。

主君をしっかり支えていく、これこそが侍の務めではないか。

「そうだ。そうだな」

応、と一同、頷きます。

「しからば、いかんとする」

改まった坂井殿が力を込めて言います。

うむ、と一同、眉根を寄せます。

また、沈黙。

誰も、言葉をだせません。どうしていいかなど、誰にもわからないのです。

「ところで、殿は今、どこにおられる」

はたと、一同お互いの顔を見合わせます。

「いや、奥の間ではないか」

誰とはなしに、呟きます。

「お一人にしておいて良いのか」

江口殿が顔をしかめて言いました。

「誰かがお傍《そば》にいたほうが」

そうなると、坂井殿が先ほど言った言葉が、また、皆の頭に蘇るのです。

(万が一にもはやまって……)

「いや、誰かが近くにおって、話し相手をしていた方が良い、という意味だ！」

切れ者の江口殿も、もう苛立ちを隠しきれない言いざまです。

では、誰が？　一同また見つめ合います。

こんなことが起こって、それに直面した丹羽長秀様の相手を、誰が。

「拙者が参ります」

末席で勢いよく立ち上がった者がおります。

上田佐太郎《うえださたろう》。小柄な若者は肩をいからせ、あどけなさの残る頬を紅潮させておりました。のちに豊臣秀吉正室の従妹を妻に娶り、豊臣姓を頂いてその直臣となり、従五位下主水正《じゅごいのげもんどのかみ》にまでのぼりつめる上田重安《しげやす》も、この時、まだ二十。血気盛んな若武者でございました。

「行ってきます」

誰にとめる隙も与えず、踵《きびす》を返して大股で座を後にしました。

当時の大坂城に天守などありません。
丹羽様は城内最高層の本丸京橋《きょうばし》櫓の窓から、北の方角を眺めていたそうです。
櫓からは淀の大河が滔々と流れるのが見えます。
景色はまだ静かでした。
すでに城下には噂が広まり始めていて、気の早い民は逃げ支度を始めていたのですが、
さすがに、川越しにはそこまで感じ取れません。

そして、淀川を遡った先の青空の下には、都があります。信長様が、手塩にかけて作り上げた京の都は今や明智に制圧されているのでしょう。

丹羽様は、そんな目に見えぬ暗雲が垂れ込める景色を、いつもとかわらず端然と眺めていたそうです。

「佐太郎か」

上田佐太郎が背後に立つと、丹羽様は静かに振り返りました。

「殿、なにをお考えですか」

佐太郎は単刀直入に問いました。

父の代から丹羽家に仕える佐太郎だからこそ許される言いざまです。

決して尊大やら無礼やらではありません。愛想がないのです。余計な世辞もなく、ただ主の丹羽様を心から慕う。そんな佐太郎の気性を日頃から愛《め》でていた丹羽様です。

「案じておるのか」

「いえ」

「案じておるから、来たのだろうが」

「拙者はなんの不安もございません。ただ、皆が」

佐太郎は、いかにも心外とばかりに、言いました。

丹羽様は口元をゆがめて笑いました。

「だろうな。案ずるな、追い腹など切らぬ」

「これからどうするのです？」

佐太郎は一切遠慮がありません。ずけずけと聞きます。

丹羽様はまた城下を見渡しました。そのお顔は、まるで、城下のどこかに落ちている答えを探すかのようでした。そして、すこし眉をあげて、

「わからんよ」

と、まるで童《わらべ》のように瞳を見開きました。

佐太郎は小さく噴き出しました。

その丹羽様の飄々《ひょうひょう》としたお顔に、その時、こう思ったそうです。

大丈夫だ、と。

丹羽様は、気休めに佐太郎を安心させるようなことを言いませんでした。

その仕草は、とても死を望む男の顔ではない。むしろ、なんとか生きる道を探す、そんな人間臭い顔だったそうです。

「佐太郎、もし、わしが誰かに闇討ちされたら、おぬし、いかがする」

丹羽様は、外を見たまま、そんな問いを投げて来たそうです。

佐太郎は幼さの残る顔を、思い切りゆがめて、

「全身全霊で、仇《かたき》を討ちまする。敵を地の果てまで追い詰めて」

噛み千切るように言ったそうです。そのあと、すぐ打ち消すように、

「いえ、やはり、殿を討つ前のその敵を拙者が殺します」

肩を怒らせて言う上田佐太郎を振り返って、丹羽様は穏やかな笑みを浮かべました。

「そうか」

歩み寄ってその肩に手をおき、若き荒武者を宥《なだ》めるように、ぽんぽんと、叩いたそうです。

「まず、明智を討たねばな」

そういって、また丹羽様は遠い空をみたそうです。

淀川を下る

ちょうどその頃でございましょう。私は、大崎屋の荷舟に乗って川を下っておりました。

舟はもう合流した淀川に入っていたようです。

一か八かの賭けは功を奏しました。

先ほど、大崎屋の商人一行に紛れて、鴨川から舟に乗れたのです。

(鴨川から舟に乗れるとは)

まさにこのうえなき行程でした。

それに、今いるのは頼りない小舟ではありません。大小の積荷を運ぶための百石積みの荷舟であり、船上に荷蔵まで備えております。まさか、こんなに堂々と大坂に向かえるとは。

「まことにかたじけない」

私は、荷蔵の中に入ると編み笠を外して、頭を下げました。

「いやいや、太田様には日頃より一方ならぬお世話になっております。頭をおあげください」

面前の大崎屋の市之助は、律儀そうな面に誠実な笑みを浮かべておりました。

さすがに都有数の商家大崎屋の大番頭だけあり、肝が据わっております。

通行人を検《あらた》める明智の兵にも、極めて堂々としておりました。

「当家主人の大崎屋陣右衛門の命にて、大坂と堺の蔵に詰めております当家の置き荷、蔵米を取りに参りまする。これが明智日向守様のご証文」

なんと、本物の明智光秀の書状を持っておりました。

そういえば、大崎屋は元々堺の商人。大きくなる商いとともに、主人は都に本拠をうつしたのです。

ならば、この大乱とともに早急に動かねばなりません。摂河泉《せっかせん》の津々浦々にある、その蓄財、商売荷物を引き揚げねば、これらは奪われる。信長様横死で織田家によって保たれていた畿内の治安は間違いなく乱れるのです。

大崎屋は、明智にとって貴重な支援者。これは、明智からしても望ましいことではない。その財をみすみす涸らすわけにはいかないのです。

それにしても、この大崎屋の毅然たる様。

本当に明智に与《くみ》したのではないかと、錯誤するほどです。

だが、それなら、私と与兵衛を匿《かくま》い、迎え入れるはずがない。

そのまま詮議の目を逃れると、大崎屋一行は舟で都を離れました。私も与兵衛もその中に紛れ込んだのです。

「明智様にお味方するわけではありません。ただ、お取引してくださるなら、お客様には違いない」

薄暗い船内で、市之助はささやくように言います。

「都を押さえたのは明智様、明智様のご機嫌も損ねんようにしませんと。明智様とて、大崎屋の富を逃したくないでしょう。織田様のご家臣たちに荷を押さえられる前に、さっと持ってこんと、と言いましたら、そら、早うせい、と許しますわ。主人は都に残っておりますから、これは人質のようなものです」

「大坂の荷、本当に持ってくるのか」

「持っていきますかいな。織田家のご家臣たちに足止めされました、と言えばええやないですか」

「なんと?」

思わず聞き返す私に、かぶせるように答えます。

「主人の智恵です。これが商人のいくさです。武具はこれです」

といって、市之助はニコリと笑い、自分の口を指さしました。

思わず笑みがこぼれました。

あっぱれです。少し、心が晴れました。

さすが、都の商人、大崎屋陣右衛門、なんと強《したた》かなのでしょう。そして大番頭市之助のその胆力。

この大乱。今、侍共は右往左往するばかり。なのに、都のど真ん中にいる商人大崎屋が、
こうして智恵を絞って動いております。

己《おのれ》の身を質に家の富を動かす。これが商人の武略なのでしょう。

(さすが、天下の大商人)

しかし、感心してばかりもいられません。

「して、大崎屋の考えは」

「主はあくまで織田様の味方です」

市之助は至極当たり前のごとく、言い切ります。

「いや、正しく言わんといけませんな。大崎屋は天下を取る方の味方です」

まるで自分の考えを述べるように言います。富商大崎屋の教えが徹底されているのでしょう。

「明智様の天下なんぞ、持ちません。いかなわけがあろうと、主の寝首かくようなことをしたら、天下万民が許しません」

いかにも、商人らしい筋の通し方です。

「次の天下様はどなたか、それが大切なことでしょう」

さすがに都の商人、事の本質をついてきます。

「で、大坂に向かう、ということは」

「そうです。丹羽様です」

「符合《ふごう》した」

同時に頷きました。

大坂城には、丹羽長秀様がおられます。

今、織田家臣は、各地に散らばっています。

織田一の猛将と呼ばれる筆頭家老柴田勝家《しばたかついえ》様は越中魚津《えっちゅううおづ》にて上杉《うえすぎ》と合戦中。

家臣一番の出世頭、羽柴《はしば》秀吉様は中国備中《びっちゅう》にて毛利《もうり》とにらみ合い。

「進むも滝川《たきがわ》、退くも滝川」といわれたいくさ上手の滝川一益《かずます》様は、上州《じょうしゅう》にて北条《ほうじょう》の抑え役を。

信長様の右腕といわれ、織田一の者と呼ばれる重鎮、丹羽長秀様だけが畿内にあるのです。

(丹羽様しかいない)

私はそう信じております。だからこそ、真っ先に大坂にむけ走ったのです。

信長様の仇を討つのは丹羽長秀様。

丹羽様なら、混乱する織田家臣たちを束ねて、この乱を収束させてくれる。

私は、元は丹羽様の与力《よりき》の一人でした。信長様が足利幕府を滅ぼして都の政務を司るようになると、引き抜かれ、京で寺社との折衝をする奉行を務めていたのです。

「さすれば、大崎屋は丹羽様に肩入れしてくれると」

声に力を込めておりました。

市之助は二度三度、しっかりと頷きます。

「残念ながら、我らの主人は明智様とのご縁も深すぎます。都にある以上、このままいけば、明智様と共倒れになります。そうなれば、大崎屋は終いです。お主殺《しゅうごろ》しの方と心中するのを座して待つわけにはいきません。まして、大崎屋の財をみすみす明智に使われるのは、本意ではありません。どうせ、いくさの中に消えてしまうんなら、都から持ってきたこの金銀、大崎屋が大坂、堺に溜め込んでおります財、丹羽様に使っていただきましょう」

市之助の瞳にも情熱の炎が宿ります。

そして、人差し指と親指を繋げて輪を作りました。

「いざというときに大事なのはこれでしょう」

胸が熱くなりました。

武将の武がその軍兵ならば、商人の武は銭《ぜに》。それを今、丹羽様に投じるというのです。

信長様横死の暗闇の中で、初めて感じた未来の光でした。

大坂城で丹羽様がもっている兵は多くはありません。

もとより、丹羽様は大軍勢を抱えていません。いや、織田家臣皆がそうなのです。柴田も羽柴も滝川も自分の兵は多くはありません。

織田家臣は各地の総大将として軍勢を束ねる者に与力数名をもって軍勢としております。柴田様は北陸、羽柴様は山陽、滝川様は関東、ついでにいえば、謀叛人の明智は丹波《たんば》、丹後《たんご》といった畿内。丹羽様は近江佐和山を居城とし、北近江、若狭《わかさ》の国衆を束ねております。

丹羽様はこのたび四国への遠征軍に参加するとはいえ、総大将神戸《かんべ》信孝《のぶたか》様の目付役です。なので、四国征伐の大軍を率いてはおりません。

大坂城に入っている丹羽様の手勢は二千というところでしょう。

(だが、大崎屋の財で後見されるなら)

軍資金としては十分です。

この金を畿内にばらまき檄を飛ばし、旗をかかげ兵を募れば。

摂津の池田恒興《いけだつねおき》様、高山右近《たかやまうこん》様、中川清秀《なかがわきよひで》様ら近隣の織田家臣を大坂城にいれ、固く守れば。

丹羽長秀ほどの重鎮が呼びかけるなら、畿内の明智派の城主とて靡《なび》くのではありませんか。

やがて、北陸の柴田、山陽の羽柴、関東の滝川のうちのいずれかが兵を返し、合力《ごうりき》して明智を討てるはず。

その旗頭は、信長様の右腕、丹羽長秀しかいないのです。

(あるいは天下を)

そこまで考えると、ぞわっと背筋に鳥肌が立ちました。

軽く首を振って、行き過ぎた妄想を振り払います。

織田家の一奉行である私ごときが、そこまで考えてはいけません。

「太田様を信頼できるお方と見込んで、一つ、お尋ねしてよろしいですか」

市之助のその目も鋭く光っておりました。

「丹羽長秀様のこと、お聞かせください」

うむ、と私は言葉を呑みました。

大崎屋が品定めするのかと思ったのです。市之助はその顔色を読んだのか、機敏に続けます。

「いえ、大坂までもう少しあります。手前どもが全てを賭けようとする丹羽様のお人柄、太田様からお聞かせ願えませんか」

ふっと安堵の息を吐きました。それもそうです。やっと落ち着いて話ができる場にあります。

大坂につくまでの束の間の舟旅。命を救ってくれ、共に丹羽様に肩入れする大崎屋のために、語るべきでございましょう。

「丹羽様は何事にも秀でておられる。あの信長様の傍らで欠かせぬお方よ」

「なにせ米五郎左ですからな」

巷で信長様の家臣を評してできた小唄はこうです。

かかれ柴田　米五郎左　木綿藤吉《とうきち》　退《の》き佐久間《さくま》

武の筆頭、「かかれ、かかれ」の先鋒といえば勇猛果敢の柴田勝家、木綿のように重宝し、華美でこそないが、衣服にもなり、雑巾のように雑にも使える羽柴藤吉郎《とうきちろう》秀吉、戦場でもっとも困難な退き陣を得意とする佐久間信盛《のぶもり》。

そんな多彩な織田家臣団の中でも「米」といわれたのが、丹羽様でした。

日々の食事の中で、菜物は変わろうとも、米は欠かせません。

織田軍の中、信長様の治政の中で、欠かせないのが丹羽五郎左衛門長秀様。

軍略、武勇ですぐれた者は織田家に数多おります。

丹羽様も、信長様の美濃《みの》攻略戦では家中第一といっていい武功をあげ、その後も織田家のいくさのほぼ全てに参じてきたお方です。

だが、丹羽様の才は武略だけではありません。

検地、築城などの行政。寺社や公家との折衝。政の代官、奉行としてのお役目。

そして、家臣の中での人望。織田家、他家、困った者はすべて丹羽様を頼りました。それを和していくお人柄。信長様一の御側衆として、家中をまとめていく力を持つお方、それが丹羽様です。

これは武張った柴田様などは持ちえない才なのです。

(まして、あの才走った秀吉など)

羽柴秀吉は家中の出世頭として、信長様のお気に入りとして、大きな威勢を張っておりました。

それはそうです。卑賤の出で、織田家に仕えた時は、小者として家老たちを仰ぎ見ていた男が、今や、家臣一の禄を得ている大身《たいしん》のもののふでございます。

だが、秀吉は大きくなりすぎました。信長様の寵愛一の者と知れ渡ったため、その一挙一動に皆が注目するようになったのです。そうなるともはや、その笑顔、お愛想すらも作為の匂いを感じてしまうのです。

まあ、これは、私のような口下手な者が持つやっかみかもしれませんが。

(人としての器なのだ)

その秀吉すらも、丹羽様を敬い、慕っております。

なにせ、普請《ふしん》奉行としてあの天下城安土城を作ったのも、丹羽様でした。

丹羽様の功績を話せば、それはそのまま織田信長様の足跡といっていいほど。

あくの強い尾張《おわり》美濃の田舎侍が多い織田家臣団の中で、得難き男、それが丹羽長秀様なのでございます。

市之助は、深々と頷きながら、私の語りを聞いておりました。

「でも、損をしていませんか」

話の切れ目で、素朴な問いを投げかけてきました。

「いや、それは」

たしかにその多様なお役目のため、丹羽様は、今一つ目立ちませんでした。

いや、信長様の領地が拡大し敵対するのが大勢力となるにつれ、丹羽様は今一つどころか、まったく目立たなくなりました。

柴田のように、織田家の譜代《ふだい》衆を率いて北陸に君臨し、越後《えちご》上杉攻めを任されたり、羽柴のように、山陽道の大将に任じられ、大敵毛利と戦う大軍勢を率いたり、滝川のように関東管領《かんれい》として、武田《たけだ》討滅後の上州と東国の列強を治める役目を負ったり。

そんな同輩の武将たちが担う各地の総大将という役目は、丹羽様には回って来ませんでした。

家中には、「丹羽様の出世も頭打ち」「丹羽様には大軍勢を率いて大敵を討ち果たす才はない」「武人としては小ぶりだ」などとささやく輩《やから》もおりました。

(だが、それは)

違う。もう格の違いなのです。

いくさが続くうちは大軍を率いて武功をあげる者こそ、華々しく見え、衆目を集める事でしょう。

だが、もう丹羽様は、前線に張り付く軍兵の長ではありません。

信長様の近くにあり、家中を束ね、下知をだす役なのです。

そうです。信長様一の者、「米」とよばれる丹羽長秀様こそが、織田家一の男である。

これは若年の頃より信長様に近侍し、都で天下の政をみてきた太田牛一が知っております。

だからこそ、この報せを真っ先に届ける。

そう思い立ったのでございます。

秘中の策

大崎屋一行と私が大坂城の城門をくぐったのは、もう昼過ぎでございました。

摂津国はざわつきだしていましたが、さすがにまだ織田家の統治は崩れておりません。

陸にあがれば、私太田牛一の顔が大きくものをいいました。

淀川沿いの渡辺津《わたなべのつ》に、大崎屋の舟を寄せると、さっそく織田の軍兵が舟検めに近づいてまいりました。ここまでくれば、大坂城は目と鼻の先、沿岸を固めておりますのは、丹羽様の手勢でございます。

「都から参った太田和泉守である。こちらの組頭はどなたじゃ」

逃げも隠れもすることはありません。

淀川の岸辺を固めていたのは、丹羽家の侍大将、戸田勝成殿でした。

「太田殿、よくご無事で」

その懐かしい笑顔をみて、胸をなでおろしました。

私は、元丹羽様の与力でございます。丹羽家臣のうち半数は顔馴染といってよいのです。

私が顔さえみせ、「丹羽様の元へ」といえば、通さぬはずがありません。

戸田殿の先導で大坂城の搦《から》め手ともいえる京橋口へと向かいます。

行き交う将兵はどの者も面は固くこわばり、伏し目がちに会釈をします。

おそらく戒厳令が敷かれているのでしょう。さすがに丹羽様の兵は無駄口を叩いたりはしません。

ですが、城下の空気はもういけません。通りにいる民は怯えるように小走りで行き過ぎ、慌てて家の戸板を閉めては、息をひそめ外を窺っております。

荷車を用意し、家財の整理を始めている者もおります。ときおり、通りを早馬が駆け抜けます。その馬蹄の音が響くたびに、皆、ビクリと身をすくめて振り返っておりました。

皆、得体のしれぬ物の怪に魅入られている、そんな様子でした。

京橋口から入り本丸の奥の間に通されます。そこに、丹羽長秀様が端座しておりました。

「丹羽様」

一声放って、そのまま面を伏せました。

「う、上様が」

喉が詰まったように言葉がでませんでした。

一体何から話せば良いのでしょう。

あの信長様が亡くなられたのです。

思えば、燃え盛る本能寺を後に、都を抜け出したのは、つい先刻ではありませんか。今、この大坂城にたどり着いて、それを報じる場で、様々な思いが一気に噴き出してきました。

私は、信長様を真に尊敬《そんきよう》しておりました。

信長様について陰でいろいろと言われていたことは知っております。

いや、織田信長といえば天下人、天下万民と対峙するお方なのです。人である以上、そして天下人という公のお方である以上、好悪はでて当たり前のこと。

ですが、私にとって、信長様はすばらしい主でございました。いや、織田家臣の多くにとってもきっとそうでしょう。

信長様は、よく働き、己の得手《えて》なことで成果を残す者には、とびきり優しく、度はずれたほどに評し、取り立ててくれました。

信長様が嫌うのは、働きが鈍いうえに、己の分限をわきまえず、くどくどと口先ばかり達者な輩、愚痴や文句をたれる者たちでございました。

信長様はそんな者を容赦なく処断しました。特に都を制し、権勢の頂点に立ってからは、速断でそれを為しました。その最たるは、宿老筆頭格であった佐久間右衛門尉《うえもんのじよう》信盛様の追放でございましょう。

古き者、地位に胡坐《あぐら》をかいていた者達は驚愕し、それを、非情、冷酷と陰でなじり、畏怖しておりました。

だが、そのどこが間違っているのでしょうか。

才ある者、一途に働く者こそ、引き上げる、働かぬ者を排除する、それこそが上に立つ者の仕業で、そのどこが悪いというのでしょうか。

民の上で政を司る侍が、安穏と利を得てよいのでしょうか。

旧来の家柄に頼り、官位に居続けて、人より禄を食《は》んで許されるのでしょうか。

人の個性、能力を見極め、それを最大限に活かそうとする、それが織田信長でした。

そして、信長様の魅力はそれだけではありません。

人が一途になにかやるのを愛するお方でございました。

元は近習として信長様の近くにいた私は、己自身でそれを味わったのです。

弓の腕を認められ、信長様近侍の弓衆とされておりました私は、実は他にやりたいことがあったのです。

それは、「書」でした。

幼き頃から寺に入り修行した私は、早くから読み書きをすることができました。

書くことが好きで、日々日記を書き綴《つづ》っておりました。日記だけではありません。大小の記録、書状を書く、それをまとめ直す。そして、書物として編纂していく。そんなことに無上の喜びを感じていたのです。

いくさ場で敵の首をかき落とすなど、本意ではありません。寺を出て武家奉公をするのに弓の技を磨いたのも、そのためです。弓衆なら、敵と組討ちすることはないのです。

織田家に出仕してからも、時に寺に通い、書写をし、筆の修練をしておりました。

世は戦国、周りの朋輩たちは、文字もろくに読めない者の方が多いのです。何よりも武功を求める侍ばかりの乱世で、書を学ぶなど、珍しいことでした。

いくさに出ながら、私は己の筆で才を発揮する場を探しておりました。

「筆で首がとれるか」「この筆侍が」などとからかわれたりもしたものです。

しかし、「筆侍」という揶揄を込めた呼び名も私にとっては、この上なく心地よいものでございました。

いつか、筆で大きな役をなす。これが私の夢でした。

信長様はそれを見てくれていました。だから、私は、丹羽様の与力とされたのです。

織田家の所領が拡がり、都まで制するようになると、家臣がやらねばならないことも当然増えました。いくさ場で敵を討つ武辺者ばかりでなく、信長様の意を受け、その政を執行する奉行が足りないのです。

領地を治め年貢を徴収する者、寺社の統制をする者、家臣団の俸禄《ほうろく》を算出し、その配分をする者、商人と折衝し武具を買い付ける者……武功一点張りの槍武者ではできない役目でございます。それらを為すには文字を書き、記録することが必須でありました。

丹羽様は私を右筆《ゆうひつ》としてお傍に置き、政を教えて下さいました。

丹羽様は、軍兵を率いていくさを指揮する侍大将ながら、都では信長様の治政を司る代官だったのです。

丹羽様に従い、様々な奉行勤めをするうちに、丹羽様は私を都の所司代村井貞勝様に推挙してくれました。

こうして、私は織田家の奉行として、都で政務に励むこととなったのです。

(信長様、丹羽様は私をわかっていた)

その信長様が死んだ。

この大事を丹羽様にどう話せばよいのか。

まるで、胸に穴があいたように、目の前が眩《くら》みます。

「太田」

言葉も出せず蹲《うずくま》っていた私の体に、突然の衝撃が訪れました。

「う」

いきなり、両肩を鷲掴みにされ、驚きとともに、面を上げました。

目の前に、丹羽様の穏やかな顔がありました。

「よく来た」

「あ……」

不覚にも頬が大きく震えます。

ここまで来るのに、自分の安否など忘れていたのです。

いや、己などどうでも良かったのです。

あの信長様が死んだのです。その衝撃を、信じがたき事実を伝えねばならない。無我夢中だったのです。

そんな私の心の内を見透かしたのでしょうか。

丹羽様の言葉が心に届いた時、胸中で張りつめていたものが切れたのでございます。

「無事で、なによりだ」

なんということか。さらに、驚きが全身を貫きます。

この驚天動地の場で、丹羽様はまず私のことをいたわっている。

私どころではありません。丹羽様こそ、進退窮まっているはずです。

四天王とまで呼ばれた織田の最重臣。明智勢から、そして、周囲の反織田勢力から、その首を狙われているのは、丹羽様ではありませんか。

「あ、ありがたき……」

嗚咽で言葉が詰まります。

ついに涙が滂沱《ぼうだ》と溢れ、前のめりに身を崩しておりました。

大崎屋市之助が横で控えていることなど、まったく忘れていました。しばし、肩を震わせ、むせび泣いておりました。

「疲れたろう」

「いや、それは」

「こちらにも報せは入っている」

染み入るような丹羽様の言葉に、必死に涙を拭いました。

体はぼろ布のように疲れておりますが、休んでなどいられません。これからのことを考えねばならないのです。

予想されることを上げればきりがない。いや、刻々と事態は悪くなっている。

信長様横死の報は、間違いなく各地へと伝播《でんぱ》されます。

まず喜ぶのは、織田に討滅されんとしていた地方の大名たちです。

その一は、中国毛利、越後上杉、四国長宗我部、表向きは同盟しておりますが、織田に屈せぬ関東北条。これらは、前線に配されている織田家臣に襲いかかるに違いありません。

そして、崩壊する織田家の城、将兵、領民を狙う、土寇《どこう》、盗賊の類い。ここ大坂の近辺でいうなら、こちらの方を恐れねばなりません。明智もこれらを扇動し、織田家臣の狩り取りを狙うはずです。

一刻も早く手を打たねばならないのです。

「丹羽様、向後のことをお話ししたく」

必死の想いで、声を絞り出しました。

丹羽様は真摯な顔で、うむ、と頷きます。

「ここに控える大崎屋の大番頭、市之助殿と、都より共に参りました」

「知っている」

さすがに都の政もみていた丹羽様です。大崎屋市之助のことも知っているのです。

それなら、と心は逸《はや》ります。

ここに私とともに来た意味も充分おわかりでしょう。

大崎屋市之助は深く頭を下げております。

「丹羽様、わが大崎屋の主人の言葉を申し上げます」

低く、しかし、はっきりと述べ始めます。

「大崎屋は丹羽様に肩入れさせていただきます」

丹羽様は静かな瞳を向け、深く頷きます。

「本日持ってまいりました金銀、大崎屋が大坂、堺にもっておりまます財、金目の品、すべて丹羽様に献上いたします。存分にお使いになって、織田信長公の仇、討ってくださいませ」

市之助の言葉は力強く響きました。私は後を続けます。

した。

「丹羽様、やりましょう」

力を込めて言いました。

「上様の仇を討ちましょう。ぜひ」

言うたび全身が震えましょう。ぜひ」夢中でした。

武将も、奉行も、関係ありません。信長様の仇を討つ。ただ、それだけなのです。

丹羽様のお顔はいつもと変わりありません。ただ、少しだけ眉根を寄せ、うむと頷きました。

そして、しばしの沈黙の後、大崎屋市之助をしっかりと凝視しました。

「市之助殿、大変お疲れのことであろう。別室にて膳部《ぜんぶ》など用意させる。しばしお休みあれ」

市之助は、蹲るように一礼しました。

「太田、少し話したい」

丹羽様の眼が穏やかに光っていたのを憶《おぼ》えております。

人払いにて小姓も去り、二人となるとまた雰囲気は変わり、にわかに緊迫します。

そんな中でも、丹羽様の端然としたお姿は変わりません。

「まず、おまえの言い分を聞こう」

穏やかな声音で言います。

「しからば」

身を乗り出しました。

「柴田殿は越中にて上杉の魚津城を包囲中、羽柴殿は備中にて毛利方の備中高松城を包囲中。滝川殿は上州厩橋《うまやばし》の新領地に入ったばかり。いずれも遠国にあります。しかも、もっとも大きな与力衆を率いる柴田殿、羽柴殿はいくさの真っ最中」

これらは、私ごときが、丹羽様にわざわざ講釈することではありません。

「この大坂にある丹羽様しか、明智と戦える者はおりませぬ」

「兵はどうする」

丹羽様は、瞳に淡い光を浮かべて問うてきます。

そうです。決定的な弱みはそこです。

つい先日まで安土と堺で信長様の盟友徳川家康様の接待をしていた丹羽様は、四国征伐軍の目付役でありながら、与力衆を近江と若狭に残したままなのです。

都を押さえた明智は、織田勢力の中心地である近江の制圧に動くに違いありません。そして、その隣国若狭の国衆は明智に与する者も相当にでるでしょう。援兵は望むべくもありません。

大坂城にある二千程の旗本だけでは、明智に対抗することはできません。

「それは、大崎屋の財力を借りましょう。まずは、蜂屋《はちや》殿、津田《つだ》殿と心を合わせましょう」

四国征伐軍に参加する与力として、和泉国を領する岸和田《きしわだ》城主蜂屋頼隆《よりたか》様、信長様の甥、津田信澄《のぶずみ》様が手勢とともに出陣支度をしているはずです。

まず、これらから明智につく離反者を出してはなりません。

己の手元で動乱が起こっては、すべてが崩れ去ります。兵が寄ってくるどころか逃げ散るでしょう。先ずは彼らをしっかりと押さえる。大崎屋の財を手に豊富な軍資金があることを知れば、彼らも明智方に走りはしないでしょう。

「あとは信孝様がおわします。信孝様を迎えて、この大坂城に旗を立て、畿内に檄を飛ばします」

神戸信孝様、いや、もう織田信孝様と呼びましょう。信孝様は、信長様の三男で伊勢《いせ》の名族神戸家に養子にでているお方です。

このたびは、信長様直命の四国征伐軍の総大将です。

信孝様は手勢を率いて、住吉《すみよし》の浜で四国渡海の陣を張っているはず。渡海用の舟を集め、征伐の諸将の参集を待っているのです。

「信孝様は、数日のうちに四国へ出陣の予定。兵は一万ほどはおりましょう」

たしか、信孝様が信長様に命ぜられた兵役は一万四千と憶えております。これを迎え入れて、明智討ちの旗頭とする。大義名分は充分です。将兵たちには勝った暁の恩賞として、大崎屋の富を見せつけます。いや、景気づけに分け与えても構いません。これで兵も集まり、士気もずいぶんとあがりましょう。足軽や軽《けい》格《かく》の士を動かすのは、大義よりもやはり、金です。

「有岡《ありおか》の池田恒興様は間違いなくお味方しましょう。高山殿、中川殿も」

摂津国、有岡、兵庫の城主池田恒興様は信長様の乳兄弟であり、その恩寵を受け続けたお方。まず間違いはありません。摂津の旗頭の池田様がこちらにつけば、その他の城主たち、高槻《たかつき》の高山右近様、茨木《いばらき》の中川清秀様も、明智についたりはしないでしょう。

「それだけではありませぬ。丹後の細川《ほそかわ》、大和《やまと》の筒井《つつい》とて、こちらに靡くやもしれませぬ」

丹後の細川藤孝《ふじたか》、忠興《ただおき》親子は明智と縁組しており、濃厚な明智派。大和の筒井順慶《じゅんけい》も明智の与力であったため、油断はなりません。

いや、筒井の領国大和国はこの大坂と隣接しております。筒井が攻めてこぬよう、それこそ早く手を打つ必要があるのです。

「大坂城を根城に都と睨《にら》み合えば、明智も他に手をさけませぬ。そのうちに、北陸の柴田殿が駆けつけましょう。大坂と北から明智を挟み撃ちすれば、上様の仇、間違いなく討てましょう」

都からここに来るまで、私なりに考え抜いた策でした。

できます。決して無謀な策ではありません。

あとは、いかに迅速に、見栄えよく、それを為すか。

なにせ、敵はいくさ上手の明智光秀なのです。

もう大坂の丹羽長秀へ討っ手を放っている、あるいは周辺に調略の手を下しているに違いない。

それを撥ね返し、明智侵攻の前に大坂を固めるのです。

そのために大崎屋の金銀を惜しまずばら撒き、人を動かし、兵を束ねるのです。

「そうだな」

丹羽様は、深く頷きました。

「そうです」

できる、できるのです。

胸中で叫び続けていました。

「上様の仇を討ちましょう」

余念はありません。

丹羽様の前で、床に拳を打ちつけておりました。

「太田」

ははっ、と、さらに額を床にこすり付けるほどに、頭を下げました。

「日記は書いているな」

あっ、と思わず、面をあげていました、

丹羽様はご存じなのです。私が日記をつけていることを。

そしてその内容は、ほぼすべて敬愛する織田信長様のことだということを。

だが、ここに及んで、そんなこと。なぜ、今それを。

「良いか、今日の事、忘れぬよう記せよ」

その言葉は、重く腹の底に響きました。

ああ、そうです。そうですな。

今日の事。この天変地異ともいえる大事。明智の謀叛、紅蓮《ぐれん》の炎を噴き上げる本能寺。

あの偉大な信長様の非業の最期を。

書いておかねばなりません。

ほかに誰が記せるというのでしょう。

目を閉じて、深々と頭をさげました。

変転続く

丹羽家の小姓に案内され、本丸内の館で湯殿をつかわせてもらいました。

朝から汗のかきどおし、全身が砂埃塗《まみ》れでございました。

濛々《もうもう》たる湯気が、肌にべったりと貼り付いた汚れを浮かせていきます。

肩に湯をかけながら、その垢を手拭でこそぎ落とします。

疲れそのものも洗い落とされるようです。

(これからどうなるのか)

そんな考えが頭に浮かんでは消えます。

(信長様亡き後の天下は)

いや、そんなことを考えても仕方がありません。まず為さねばならないこと、それは、仇討ちです。それがなされない限り、全ての織田家臣に未来などありえません。

全身の垢を湯と手拭でこそぎ落とすと、冷水をビシャと浴びました。

身が引き締まり、気分が少しだけ晴れました。

小者がもってきた真新しい小袖に着替え、あてがわれた一室に入ると、案内してくれた小姓に、筆と硯《すずり》を所望しました。

書かねばならない。

忘れぬうちに、私が見て、聞いて、憶えていることを。

筆を持つと、全身に力がみなぎります。

昨日までの日記とは違う想いで、一心不乱に私は書き始めました。

「旦那様」

しばし没頭していた私を、聞きなれた声が止めます。

振り返ると、与兵衛が襖戸を開けて入ってまいります。その額に玉のような汗が浮かんでおります。

私の前に身をよじらせて、うなるように低く言います。

「大崎屋の者どもが」

その声が上擦っておりました。

「丹羽様は」

駆けながら、すれ違う侍を睨みつけておりました。

「御主殿かと」

私のあまりの剣幕に目を泳がせる者共を尻目に、主殿へと上がりました。

(いったい、なにを考えているのか)

心の中で繰り返します。怒りが収まりませんでした。

与兵衛は、搦め手門から出ていく大崎屋の一行をみた、といいます。

しかも丹羽様の旗本が得物を手に左右につき、一行を守るように警固していた、というのです。

話が違います。

大崎屋をどこにやってしまうのか。

信長様の仇討ちは大崎屋の財を使ってこそ為せるのです。手持ちの金銀だけではありません。大崎屋は堺にも、摂津の津々浦々にも荷財を溜め込んでいる。それを得るためなら、彼らを拘束してもいい。絶対に放してはなりません。

「丹羽様は」

声を抑えつつ、しかし、鋭く尋ねました。

行き交う者は奥へと目をそむけるばかりでした。

奥の間の手前で、丹羽様の小姓をみつけました。

「丹羽様はいるか」

小姓は、面を伏せましたが、

「ただいま、ご評定につき」

と、押しとどめようとします。その面上に微妙な陰りがありました。

「火急の用向きだ。失礼する」

回廊を進もうとすると、行く手に一人の男が立っておりました。

「あっ」

行くまでもありません。

丹羽五郎左衛門長秀様が、穏やかな佇《たたず》まいで待っておられました。


そのまま丹羽様に伴われ、主殿を出て、大坂城本丸の郭内を進みました。

丹羽様は躊躇することなく、端然と歩んでいきます。

城内を固めている丹羽家の武者が、丹羽様と私に一礼して、行き違います。

城中は騒然として、小具足姿の武者が慌ただしく行き交っております。

みな武具をまとめたり、兵糧を運んだり、と、合戦支度というに等しい様です。

事の詳細まで知らぬとはいえ、足軽連中も、都の惨状は聞いているのでしょう。

だが、いくさなら織田家の侍たちは慣れているはずです。

出陣なのか、籠城なのか、はたまた、逃亡か、どうすればいいのかわからないまま、駆けまわっているように見えます。いや、そう見えるのは、私の心が迷い、疲れているからなのでしょうか。

織田家の中でも規律正しさで知られた丹羽様の手勢とてこの有り様、他はどうなっているのでしょう。

急造の大坂城は広大な城域を使い切れておりません。

ところどころ、城壁が張り巡らされておらず、木柵で代用されております。

敷地内に、陣小屋が点在しております。まだこの城は出来ていないのです。

そんな中を丹羽様は、静かに、淡々とした足取りで進みます。

私は、その背を追って、堀にそって植え込まれた木柵に沿い、西へと歩きました。

堀の際までたどり着くと視界が一気に開けました。

大坂城は上町《うえまち》台地の高台にあります。天守がなくとも、その本丸は、河内平野でもっとも高いところなのです。

彼方に茅渟海《ちぬのうみ》が拡がっております。ちょうど淡路《あわじ》の島の向こうに夕陽が落ちようとしておりました。

海面は橙の光を反射して、きらきらと黄金のように光っております。

そこからの夏の落日はまるで、南蛮渡来の緋色の絨毯を敷き詰めたようでございました。

美しい、なんと煌《きら》びやかな景色なのでしょう。

波乱の六月二日の陽もようやくに落ちようとしておりました。

こんな日も、陽は沈む。いつものように陽は西に沈み、東の空には月が昇る。

つい先日も、安土城の大広間から、皆で、琵琶の湖への落日を見たではありませんか。

その時は、信長様も、徳川家康様も、丹羽様も、いや、明智日向さえ、皆おりました。

それが、なぜ、なぜ、このようなことになったのか。

なんと、世は無常な、命とは儚《はかな》いものなのでしょう。

「床几《しょうぎ》を持て」

丹羽様は近習に声をかけると、海を見渡すその場に、腰を下ろしました。

私にも目で促します。置かれた床几に腰掛けました。

「お前たちは下がっていよ」

近習たちは、五間ほど下がって、跪きます。

(なぜこんなところに)

物見遊山をするわけでもあるまいに。

その時はまだわかりませんでしたが、あとで知りました。

なるほど、これは私と丹羽様が話すのに、素晴らしい場だったのです。

二人で話している。しかも周りから丸見えです。これだけ明け透けな席では、密かな謀《はかりごと》もなにもできません。

だが、傍には誰もおりません。周りに近づける者がいなければ、密室で話すのと同じです。

その時、大坂城内はそんなことに気を遣わねばならないほど、切迫しつつあったのです。

「さて、太田」

夕陽に照らされた丹羽様の顔が橙に光っておりました。

「言いたいことがありそうだな」

丹羽様のその言葉を受けて、私の喉奥から言葉が怒濤のごとく湧いてきました。

「大崎屋をどうされました」

「帰した」

「話が違いまする」

「そうだな」

「なぜです」

丹羽様はしばし言葉を溜めました。

「なぜ、なぜでございますか。大崎屋の財をつかってこそ、この大坂城に旗を立て、畿内の兵をかき集めて、日和見の連中を抱き込むことができまする。それがなされぬとあれば、逆に敵に四面を囲まれ、討たれることとなります」

「我らの旗頭は、信孝様よな」

「上様の弔い合戦なら、御大将は信孝様しかおられませぬ」

「先ほど、信孝様が大坂城へ入城された」

驚きに、目を見開きました。

いつの間に。まったくそんな気配がありませんでした。

信孝様は四国征伐の大軍を率いていたはず。そんな軍勢が城に入るならその気配だけでも気づくはず。

「信孝様がひきつれた兵はわずかに八十」

息を呑みました。

たったの八十とは何事。

信孝様が率いるはずの征伐軍は、丹羽様ら与力衆の兵以外は、ご自分の手勢と信長様から与えられた援兵、新規徴募の牢人、地侍です。

都の大乱の報を聞いて、兵が逃げ散ったに違いありません。

信長様無しでは、あの御曹司の人望はそんな程度なのでしょうか。

さすがに四国征伐軍のすべてを保てるとは思いませんでした。ですが、信孝様の兵、この大坂城の兵力合わせて一万もおれば、ひとまず、大坂近隣をかためることはできるはず。

しかし、総大将となるべき、信孝様の兵が八十。これを知れば他の者も逃げだすでしょう。

恐慌をきたした兵の心などそんなものなのです。まして、今の織田家は信長様、信忠様という主を失ったばかりなのです。

お家の崩壊を予見して、兵は逃げだす。どころか、信孝様始め、織田諸将の首を狙いだすかもしれない。

「大変な、慌てようだ」

それでも、丹羽様は落ち着いております。まるで他人事《ひとごと》のような口ぶりにも聞こえました。

「し、しかし」

愕然としながらも、まだ言葉を返そうとしました。

信孝様が、頼りにならないのなら。

仮にそうだとするなら、ますます大崎屋の財は必要ではないか。

今こそ、丹羽長秀がその資金を使って、兵を整えねばならない。

信孝様がそんな有り様だからこそ、丹羽様が兵を擁し、織田家臣をまとめる。そして、それには一刻の猶予もない。

その源となるものこそ、大崎屋の財ではないですか。

知らぬ間に、肩で大きく息をしておりました。

混沌とする頭の中を整えて口を開かんとする私を、低い声が制します。

「太田、わかる」

むっと、見つめ返しました。

乱れる私の心を読んだのか、丹羽様は少し眉をひそめていました。

「しばし、わしに任せよ」

しっかりとしたその声音に、思わず口を閉ざしました。

目を見開いて丹羽様の顔を見つめておりました。

その穏やかな目元に不思議に安堵を覚えておりました。

丹羽様が、あの信義織田一といわれたお方が言うのです。

思えば、私などより、織田家の重鎮である丹羽様の方が、よほど背負っているものが多い。私のごとき一奉行が騒ぐのとは、わけが違う。

その丹羽様がすべてを含んで、差配するというのなら――。

「わかりました」

一度、深く頷きました。

もはや、とやかく言うことはありません。

腹を決めれば、激しく暴れていた心の臓も落ち着き、息の乱れが収まっていきます。

私が他の誰を頼れるというのでしょう。

丹羽様しかおりません。おらぬのです。

「太田」

丹羽様は穏やかな顔で続けます。

このお方なら、と心が静まります。

「書いたか」

その顔は夕焼けに照らされ、赤々と輝いておりました。

私はただ面を伏せておりました。

大坂評定

翌朝、大坂城本丸主殿の広間に、四国征伐に参陣予定だった諸将が集まりました。

といっても、総大将織田信孝様、丹羽長秀様、蜂屋頼隆様、津田信澄様、これだけです。

私は広間の片隅で文机《ふづくえ》にむかい、筆を握りしめておりました。

いくら将が少なくとも、兵を持たず、一奉行だった私など、軍評定に出られる身分ではございません。出ても、発言することができません。

私のこの日の役目は、右筆でございます。

前に丹羽様の右筆を務めていた私は、この役を願って出て、評定の末席にいたのです。

上座の織田信孝様は青白い顔で、黒目を左右に動かしておりました。

その横に目をやると、丹羽様の向かいに対座する細身の武人がおります。

蜂屋兵庫頭頼隆様は、元信長様の黒母衣衆《くろほろしゅう》であった歴戦の武将でございます。

大きな武功はありませんが、長年の忠勤を信長様に評され、つい先年、和泉国を任されたお方であります。

この難局になすすべがないのか、八の字にたれた眉をさらに下げ、肩を落として、斜め前の床に目を落としていました。

蜂屋様は居城の岸和田城で四国征伐出陣の準備をしていたのです。凶報を聞き、大坂城へと駆けつけてきましたが、軍兵を引き連れておりません。大坂城に入るつもりはないのです。

それを責めることはできません。こんな乱がおこっているのです。居城岸和田城下はおろか、和泉国中が騒然とし始めているのでしょう。守備に兵を残し、鎮めねばなりません。城を空けている場合ではないのです。

もうお一方、周りを気遣うように、もっとも末席に端座している若者がおります。津田信澄様でございます。

信澄様は、織田一族だけあって、鼻筋の通った端整な顔立ちをしておられます。色白の顔に切れ長の目の瞼《まぶた》を閉じ、静かに胡坐をかいております。難しい立場のお方です。

信澄様は、信長様の甥であり、明智光秀の娘婿なのです。

その父、織田勘十郎《かんじゆうろう》信行《のぶゆき》は、その昔、家を継いだばかりで家中統一に苦しむ信長様に再三叛《そむ》いて誅殺《ちゆうさつ》されました。遺児の信澄様は、長じて信長様に引き立てられ、名家津田家を継ぎ、重臣である光秀の娘を娶っていたのです。

近江高島《たかしま》郡を領し、大溝《おおみぞ》城主。一族の有望な若者として、今回も四国征伐に与力として参戦するはずでした。

大坂城は、信長様の命で、丹羽様が本丸を守り、二の丸は信澄様が守っております。丹羽様は、軍政のお役目で大坂にほとんどおりません。二の丸にあって城代として大坂城を守ることが多かったのは、むしろ、信澄様でした。すなわち、この大坂城は、津田信澄様の城なのです。

その佇まいは、端然としております。

身に受ける目を充分に感じておられるのか、むしろ凜《りん》と胸を張り、背筋を伸ばしておられます。

信孝様は時折、そんな信澄様のことをジロリとみてはまた目をそらしております。疑っているのでしょう。信澄様を。

確かに、信孝様からみれば、父の信長様を討った仇、明智の娘婿であるお方です。

明智は、信澄様がこの謀叛に同心し、信孝様と丹羽様、蜂屋様を殺してその首を届けることを望んでいるでしょう。

その使いはすでに大坂城二の丸千貫《せんがん》櫓に駆け込んでいるかもしれません。

「皆、大儀である」

上座に座る信孝様が口を開きます。

ここは是が非でも己が主導で物事を進めたいようです。

「こたびの件、聞き及んでおるな」

その妙に気負った高い声はひどく空疎に響きました。

信孝様のお顔は父信長様に似ています。

長兄の信忠様より、次兄の信雄《のぶかつ》様よりも似ております。

いや、織田一族で信孝様ほど、信長様に似ている者はおりません。

面立ちだけではありません。甲高い声、切れ味鋭いその言動。馬術弓術を極めたその資質。私が見てきた若い頃の信長様にそっくりなのです。それは、織田家臣たち皆も認めているこでした。

(だが、この浮ついた様)

その信孝様は、瞳をしきりに瞬《しばたた》かせながら、口の端を上げ、時おり、シッと息を継いでおります。

そんな信孝様の有り様を見て、己の気持ちが沈んでいくのを感じました。

信長様と似ているからこそ、そんな仕草が酷く目につくのです。

そして、なんと申しましょう、この場の雰囲気は。

それはそれは、重苦しい気が室内に満ちておりました。

上座の信孝様は苛立ちを隠さず、口元をゆがめ続けております。

居並ぶ他のお三方も黙然と目を伏せたままです。

「和泉よ、都はいかがだったのだ」

信孝様はなんと、私に声をかけてきました。

いやいや、私は右筆でございます。

「火急の大事だ。おぬしだけが、都をみておろうが」

あまりの様子に耐えられないのでしょう。

そして、軍兵を握っているお三方のことが信じられないのでしょうか。

それとも明らかに目下の私に語らせることで、己の威厳を保とうというのでしょうか。

ずいぶんと威圧に満ちた目で私を睨んでおりました。

「某《それがし》は本能寺が焼け落ちるのを見て、都を抜け出ました。明智の軍勢が都を埋めて、辻々を固めておりました」

とりあえず、偽りなき事実を述べました。それ以降のことは、私は見ておりません。

大崎屋のことはここで言うこともないでしょう。

「その後の報せでは、二条の御所で中将様（織田信忠）、村井殿も自害したとのことだ」

横から蜂屋様が苦しそうに口を開きました。

その報は私を追いかける様に大坂城に届いておりました。

聞いてはいるものの、あまりに重い現実を前に、一同、無言で頷きます。

信孝様は怒ったように、

「皆の考えを聞きたい」

と叫びました。

その甲高い声に、また全身の力が抜けていきました。

ここは形だけであろうと明智討ちを切り出すべき場であり、信孝様こそそれを言うお方です。

己が主導権を握りたいのなら、なおさらのことでしょう。

(人頼みか)

結局、己の考えを述べることができないのです。

慄き慌てて、人の出方をうかがうばかり。誰かが何かをやってくれるとしか思えないのでしょう。

薄い。人としての厚みがない。これでは誰もついていきません。

「それでは、拙者から」

口を開いたのは津田信澄様でした。

「某の父は信長公に殺され、我が妻は明智日向の娘。昨日夜半、明智からの密書が届き申した」

一同が驚きで目を見開く中、信澄様は驚くべきことを述べだしました。

「むろんのこと、拙者にこたびの謀叛に同心を求め、ここにおられるお三方を討ち、その首級を都に送れ、という内容。さすれば、拙者に摂、河、泉の三国を賜る、と。これがその書状でございます」

懐から、折りたたまれた書状を摑みだし、無造作に床の上に置きました。

「まこと、言語道断のこと」

呆気《あつけ》にとられる皆に話す隙も与えず、信澄様は言葉を継ぎます。

「信長公は本来殺すべき謀叛者の嫡男である拙者を助け、一族として育て、重用してくだされた、わが父ともいえるお方。父を殺した仇に心を寄せることなどありえぬ。明智を討つことしか我が頭にはない」

言いきって信澄様は敢然と面をあげられました。燃え盛る情念の炎がその頰を赤く染めておりました。

おお、と、胸のすく思いでした。

お見事な振舞いです。

そうです、信澄様は信長様の寵臣といっていいお方。

私は、その伸びやかな性分を知っています。

物心つかぬ頃、父を誅殺されたと根に持つよりも、逆らった者の息子である己を引き立ててくれた信長様を敬愛する、そんな若者でした。

そもそも、殺した弟の遺児を憐れむだけで、信長様が信澄様を取り立てるはずがありません。

織田という姓が信澄様にいらぬ忌諱《きい》とならぬよう、津田家を継がせたのも、信長様格別のご配慮。

信澄様はその力量で信長様の寵愛を勝ち取った。そうなった以上、信長様を憎むはずもないのです。

皆、この様をどうみたのでしょうか。

私はチラと一座を見回し、思わず顔をしかめてしまいました。

上座の信孝様は、鋭い目つきで信澄様を見つめていました。

その目は、いったいどんな意を成すというのでしょう。

信澄様の言葉を、明智の謀《はかりごと》、と疑っているのでしょうか。

しきりと唇を舐め、左右に控える丹羽様、蜂屋様の横顔に目をやっておりました。

(違う)

その仕草に、ハタと、気づきました。

ここにいる信孝様のお心はそんな単純なものではない。

己の周りの者、それが自分の敵か味方か、まずそれを仕分けて、さらに、自分にとって利となる者かを判別しようとしている。

信孝様にとっての敵。それは己の命を狙う、というだけではないのです。

信澄様を、この乱の後、一族として自分を脅かす者とみているのです。

なんとおろかなことを――。

今、天下を覆す乱がおきたのです。すべての秩序が崩れようとしているのです。

なのに、信孝様の物の見方はまるで変わっていない。

これまでと同じく、織田の世で己の身分が保たれ、父と兄亡き今、そのまま己が上にあがれる、そしてそれを邪魔する輩を排除しようとしているのです。

我々は、こんな方を担がねばならないのでしょうか。

「津田殿」

淀む室内の気を切り裂くかのように、力強い声が響きます。

「見事なお心構え」

丹羽長秀様のしっかりとした声は室内に響き渡りました。

そうです。そのとおりです。

私も大きく頷きました。

右筆ながら差し出がましい所業かもしれません。しかし、頷かずにはおれませんでした。

信澄様のお言葉もお見事ながら、今はなにより、信澄様の心を離してはいけない。

そうせねば、この追い詰められた四将は四散し、お互いを殺し合うことになるかもしれない。

この窮地に仲違いをしている場合ではないのです。

蜂屋様も、二度三度頷く中、信孝様だけが眉根を寄せ口元を強張らせておりました。

その横顔に丹羽様が目を向ければ、ドキリと慄いたように眉をあげました。

すぐに面を伏せましたが、真一文字に結んだ口の喉元がぐりぐりと動いておりました。

それでもその口から言葉は出てきません。

「信孝様からもお言葉を」

丹羽様が低く声をかけると、やっと、

「津田殿、殊勝である」

つくろうように口を開きました。

「しかしながら、今我らの手元に兵は少なく、いつ明智が攻め来るやもしれぬ。これはいかんとするのか」

私はとっさに面を伏せ、噴き出しそうになるのをこらえました。

兵が逃げて丸裸になったのは、他ならぬ信孝様ではないですか。

「されば、今、我々は心を一つにせねばなりませぬ。各々の城と持ち場を固め、人心の掌握に努めましょう」

相変わらず問いかけしかしない信孝様に対して、丹羽様はたしなめる様に言いました。

「今朝方、都より戻りました手の者が申すには、明智はひとまず安土城へ入り、近江を平らげる様子とのこと。ならば、大坂へ兵を向けるのはその後となりまする」

「丹羽、だが、畿内近隣の城主とて明智につくかもしれぬ」

「なればこそ、当方が一枚岩とならねばいけませぬ」

丹羽様は実直そのものの顔で、口を結んで眉根を寄せます。

対座する蜂屋様も何度も頷きながら、身を乗り出しておりました。

「しかるべし」

ここは同意するに越したことはないと思ったのか、蜂屋様は膝を叩いておりました。

一同、信孝様を振り返りました。

一瞬、怯んだような顔をした信孝様は、すぐに居ずまいを正しました。

「む、むろん、むろんだ」

必死に威厳を保つように背筋を伸ばす信孝様は、ふん、と鼻から大きく息を吐きました。

そんな信孝様の横で、丹羽様は蜂屋様、信澄様を交互に見つめます。

「しからば、この大坂城を固め、逃げた兵を呼び戻す。津田殿は二の丸を、某《それがし》は本丸を、蜂屋殿は岸和田に戻り、泉南および河内をまとめ、兵を募りたまえ」

信長様の下で軍政を束ねてきた丹羽様の言葉に淀みはありません。

その様を見ながら、私の心は懐かしさに震えました。

まるで、その背後に信長様がいるような、そんなお振舞いでございました。

「信孝様、よろしゅうございますな」

丹羽様は向き直って面を伏せました。

「あ、ああ、良いであろう」

信孝様は気圧《けお》されたように丹羽様の声に頷きました。

ですが、この才走った若者は、なにか必死に智恵をめぐらせているようでした。

その宙にさまよわせていた目を微かに細めると、

「丹羽、わしに兵を貸せ」

突然、呟くように言いました。

津田様と蜂屋様が、鼻白むように見返しておりました。

誰が兵を束ねられずに、この混乱をまねいているのか。

そんなことを問いたげな、そんなお顔でございました。

勘は鋭い御曹司は、二人の目に嘲笑の光がともったのを見抜いたのか、声を荒らげました。

「いいから、貸せ!」

丹羽様は、そんな傍若無人な言葉にも静かに面を伏せておりました。

貴公子、狂乱

異変が起こったのは、その二日後。六月五日未明のことでございます。

私は、眠りの中で、遠く響く鉄砲音を聞きました。

それは、最初は一発、二発とまばらに、すぐに、激しく連なりだします。

夢ではない。そう思い至ったとき、寝具をはねのけ、飛び起きました。

「誰かある」

小姓を呼び、急いで寝巻を脱ぎます。

「敵襲か」

「いまだ、わからず」

宿直《とのい》の小姓は替えの小袖と、大小の打刀《うちがたな》をささげてきます。

手早く小袖を着替え、打刀を腰に差します。

その間も鉄砲音は続いております。

寝所を飛び出し、本丸主殿の回廊を駆けます。

皆、次々と起き出し、部屋から飛び出してきております。

「丹羽様は」

叫びながら主殿から出ると、外はようやくに夜が明けようとするところ。

大坂城はまだ薄闇の中に佇んでおりました。

主殿の前の広場に人だかりができております。小袖姿の者、甲冑に身を固めた者などが入り交じっています。

「太田、ここだ」

すでに小具足をつけた丹羽様が、群衆の真ん中から、鋭い目で振り返りました。

その変わらぬ姿をみただけでも、少し安堵しました。

「殿」

小姓が荒い息をぜいぜいと吐きながら、駆け込んできます。

「二の丸で兵が競り合っております」

「馬を引け」

丹羽様は鋭く短く指示を出します。

さらに慌ただしく駆け寄ってくる足音が続きます。

「寄せ手は、神戸信孝様」

走りこんできた鎧武者のその言葉に、丹羽様は大きく顔をゆがめました。

「津田信澄様、謀叛につき、ご成敗とのこと」

声の響く中、丹羽様は引き出された馬の鐙《あぶみ》に足をかけました。

「いかん」

そのまま、馬に飛び乗りました。

「だめだ」

振り仰ぎながら、切り裂くように叫びます。その方角に二の丸千貫櫓の甍《いらか》が見えておりました。

顔を真っ赤に上気させ、眦《まなじり》を決した丹羽様は、戦場に斬りこむような勢いで手綱を握りました。

ああ、こんな丹羽様をみるのは、初めてでございます。それほどに、凄まじき形相でした。

丹羽様は馬に鞭をいれました。

「皆起こせ。止めねばならぬ」

そのあとを、家臣たち、小姓が必死に続きます。

私も、江口殿も、坂井殿も、言葉もなく駆けておりました。

城壁の向こうで鉄砲音は鳴り響き、兵の喊声《かんせい》が波のように引いては寄せます。

千貫櫓は信長様が石山本願寺を攻めあぐねた際、千貫払っても落としたい、といった難攻不落の櫓でございます。今、そこに拠るのは津田信澄様でございます。

丹羽様の馬の尻を追いかけ、本丸の城門をでると、兵の競り合いの喧騒が近づいてまいります。

「信孝様はどこだ」

鋭い叫びに、千貫櫓の方を向いていた兵が、一斉に振り返ります。

「丹羽五郎左衛門参上、信孝様はいずこ」

叫びながら、巧みな馬術で軍勢の中を縫って進みます。

「ここだ、丹羽」

甲高い声が響きます。

人垣が割れ、道ができます。

その向こうに取り憑かれたように目尻を吊り上げた信孝様が床几にかけておりました。

丹羽様は、素早く下馬して駆け寄ります。陣羽織姿の信孝様の面前まで行くと、跪いて低い声で何事かささやきました。

おそらく、兵を退くように言ったのでしょう。

信孝様は丹羽様の方を見ることもなく、すっくと立ち上がりました。

「津田信澄、舅明智日向守と通じて、この織田信孝と」

信孝様は丹羽様の言葉に応じず、大音声《だいおんじょう》で叫びます。丹羽様に、ではなく、周囲へ知らしめんとするようでした。

「信孝様、おやめくだされ」

丹羽様は、なおも眉をひそめて、低く叫びました。

「ここにおる丹羽長秀の両名を弑殺《しいさつ》せんとした。この件、密告によって明らか。よって、先手を打って成敗する」

「いかんというておる」

丹羽様は睨みつけて立ち上がり、腰の太刀に手をかけました。

「な、なにをする。斬ると言うのか」

信孝様は後ずさり、驚愕にひきつった顔を震わせました。

「なりませぬ」

私も、いや丹羽家臣すべてが、必死に丹羽様の体にすがりました。

江口殿は二人の間に割って入ります。

いくらなんでも、太刀を抜くのはいけません。

「どけい」

丹羽様の怒気はおさまらず、鬼の形相で一歩二歩と詰め寄ります。

押さえる皆が引きずられるような、そんな思いがけぬ力でした。

しかし、信孝様は顔をそらして、

「丹羽、もう終わった」

と言いました。

一同がぐいと振り返ると、そこには一人の武者が血の滴る生首を片手に立ち尽くしておりました。

「佐太郎」

丹羽様は低く呟きました。

その視線の先で、上田佐太郎重安は、大きく肩で息をしていました。

「殿」

佐太郎は、返り血を浴びた頬を軽くゆがめて、立っておりました。

そして、丹羽家臣一同をぐるりと見渡すと、不思議そうな目で小首をかしげました。

ああ、この無垢《むく》な若武者をどうして責めることができるでしょう。

佐太郎は、丹羽様がつい一昨日、信孝様の依頼で貸した将兵の一人ではありませんか。

思えば、信孝様の兵など、大坂城に戻ってきた者も含めて百ほどしかおりません。

千貫櫓を攻めたのも、ほとんど丹羽様が信孝様につけた丹羽家の者たちではありませんか。

「殿、謀叛人、討ち取りましたぞ」

そのあどけなくも精悍な顔が、輝いておりました。

右手で高く掲げた首は津田信澄様でございます。

丹羽家臣一同、佐太郎の姿をみて呆然と立ち尽くしております。

「佐太郎、きさまあ」

「江口！」

やっとのことで江口殿が口を開きかけたのを、鋭く制したのは丹羽様です。

丹羽様は腰の刀を掴んでいた右手を静かに離します。

強張っていたその顔が徐々に凪《な》いでいくのが、見えました。

そして、信孝様を横目で一瞥《いちべつ》すると、そのまま佐太郎の方を振り返りました。

ゆっくりと、歩き出します。

「見事だ」

丹羽様は頷いておりました。

一歩、二歩と佐太郎の元へと歩み寄ります。

「手柄だ、佐太郎」

佐太郎の肩をグイと鷲掴みにしました。そして兜をとった佐太郎の頭をくしゃくしゃとなでました。

「わしと信孝様を狙った謀叛人の首、よくぞ獲ってくれた」

家臣一同、粛然と首《こうべ》を垂れておりました。

丹羽様はもういつもどおりの顔で、二度、三度と頷きます。

その背中は、なんと辛そうに、寂しげに見えた事でしょう。
罪なき津田信澄様を討ってしまった。
ああ、丹羽様はその責《せめ》を、そして、無垢な若武者の気負いを、小心な御曹司の邪心を。
すべてを背負って、丹羽様は、頷いておりました。
「謀叛人、信澄の首は、堺でさらせや！」
信孝様の甲高い声が響き渡ります。
それはそれは、寒々しい言葉でした。
その場にいる者皆、冷めきった目をそらしております。
私のいたところからは、面を伏せる丹羽様の顔がかろうじて見えていました。
その顔はこれまでみたことがないほどに、険しくゆがんでいました。
あっ、と私は小さく声を漏らしました。
一瞬、その瞳の奥底が鈍く光ったように見えたのです。
光は、瞬《まばた》きする間に消えておりました。
その眼光のなす意味は、いったい何なのか。

この乱の混迷はますます深く、泥沼にはまったように深くなっていくのです。

二章　仇討ち

おお、太田殿。

これは久しいな。息災でなによりよ。

で、折り入ってとは何事だ。

……おう、あの時のことか。本能寺の変のう。

あの時は、わしごときは何もできんかった。

なにせ、あの織田信長公が突然身罷《みまか》られたのだからのう。

思い出すだけでもおぞましいことじゃ。

我ら陪臣《またもの》など、もうどうしていいやらよ。

いくら槍働きに優れようと、軍勢の進退を得手としようと、そんなことはまったく意味がない。

右往左往とは、あのことを言うのかな。

わしとて、合戦での駆け引きなら少しは自信があったぞい。

これでも昔は足利将軍家に仕えて、「六条表の花槍、坂井与右衛門《よえもん》」などと騒がれ浮かれておったものぞ。

だがな、思い知らされたわい。

信長公がなされていた天下の仕置の中では、己など小さな礫《つぶて》のごときものじゃ、とな。

それまでは信長公のお考えを受けた殿の揺るぎない下知に従っておれば良かった。

それだけじゃ。

その中で功名を競い合っていただけよ。なんと単純な輩だったのかのう。

そんな我々すらあのように慄いたのじゃ。殿はどれだけ辛かったのかのう。

その苦しみ、迷い、これは我ら陪臣では分かち合えるはずもない。

なにせ、信長公の右腕、織田家一の者と呼ばれたお方だからのう。

わしらもそのお苦しみの寸分でも担えれば良かったのに、殿を頼るばかりじゃ。

さぞ、お辛かったろうな。

今思えば、なんと言って詫びればいいのかのう。

いや、詫びると言うのもおかしいか。

とにかくあの時は、わしら丹羽家臣は殿についていくしかなかった。

こんな輩まで背負って、殿はどんなお気持ちだったのかのう。

丹羽家臣、混迷

六月八日、事は悪い方へ悪い方へと向かっておりました。

津田信澄様を討った大坂城では、恐れていた同士討ちを目《ま》の当たりにして、兵の逃亡が相次ぎました。

そして、内輪もめで動揺する城へ馳せ参じる者などおりません。

なにせ、城将の一人で、織田一族のお方が討たれたのです。その騒動は隠しようがないのです。

丹羽様、丹羽家臣一同は混乱する城内、城下の鎮静に追われておりました。

「やっと、集まりかけていたのに」

坂井直政殿は、櫓から城下を見渡しながら、吐き捨てるように言います。

信澄様が討たれた後、二の丸千貫櫓は坂井殿が守備しております。

櫓からは、今日も荷車を押し、荷を抱え西へと進む町民の群れが遠望できました。

民は明智勢が攻め来る東を恐れ、とにかく西へ西へと逃げております。

「城下も治安が乱れ、夜は、野武士、野盗の類いが跳梁している」

大坂城代であった信澄様の威勢は実に大きかったのです。その主将を討たれ、兵は大半が逃げ散りました。もはや将兵も民も疑心暗鬼の中におります。

どこで、誰が寝返るかわからない。いつ寝首をかかれるかわからない将についていく者などおりません。

足軽、牢人はこんなとき、ひとまず野山に逃れ、安心して頼れる強者が現れるのを待つのです。それが大坂城でないことは明らかでした。

(それにしても、大崎屋の財があれば)

今さらとはいえ、考えてしまいます。

乱後、すぐ、金銀をばら撒いて兵をかき集めていれば。

近隣の地侍、河内和泉の海賊衆、僧兵、牢人ども。金で動く奴等は沢山おります。なにより、逃げ散った信孝様の兵です。彼らは四国征伐に徴募された恩賞目当ての牢人がほとんどでした。なら、金をばら撒けば、飛びつくはず。大坂城の軍勢を厚くしてしまえば、信孝様もあのような軽挙には出なかったのではないか。

(いや、甘いか)

私の想いも右へ左へと揺らぎます。

やはり、駄目でしょう。あまりに急であり、あまりに、時がなかったのです。

それに、軍兵が増えたとしても、あの信孝様です。やがては信澄様と諍《いさか》いを起こしたかもしれません。

兵力が増したあとの内輪もめはなおさら危ない。すなわち、それは合戦なのです。仮に大坂城が焼けることなどになれば。摂河泉全域が、織田残党とそれを狩らんとする者どもの戦場となるでしょう。それこそ、明智の思うつぼなのです。

（しかし、信孝様は）

信長様によく似た御曹司の顔が浮かびます。目をつぶって、首を大きく振り、その面影を打ち消そうとしますが、消えません。どうしようもないのです。どんなに打ち消そうとも、信孝様は信長様の息子なのです。その事は変わりません。

しかし、どうすれば、良いのか。あの信孝様を抱えて、この難局を乗り切るには。このままでは身動きもとれぬまま日が過ぎるばかり。都を制した明智もやがて攻め来るでしょう。

「太田殿、なにか妙案はないものか」

振り返ると、丹羽の宿老たちが車座になって、しかめ面を突き合わせております。

「都におられた太田殿なら、我々と違う考えをお持ちでは」

宿老筆頭の坂井殿は渋い顔の下あごを突き出して言います。

丹羽家の家臣たちは、こうして集まっては、ああだ、こうだと論じ続けております。

謹直でしられた丹羽様らしく、家臣たちも、みな素朴で真っ直ぐな者ばかりです。皆、真剣に事を案じ、今後の事を憂えておりますが、良い案などでません。

いや、この前代未聞の大乱。どんな侍とて、なにをなせばよいのか、なにが正しいのかなど、わからぬのです。

「明智は近江をほぼ制している。もはや、我々は帰る城もない」

五日、丹羽様の本拠佐和山城が落ちた、という報せが入っています。

落ちたとはいえ、丹羽家の留守居役たちは、都の変報とともに丹羽様の家族を引き連れ、美濃へと逃げています。なので、空き城が奪われただけです。

それでも、丹羽家臣たちの衝撃は大きいのです。

「安土城に勅使を迎えたらしい」

焦りに耐えられず、なにかしゃべらずにいられないのか、坂井殿は応じる者がなくとも続けます。

一同、低く唸って目を伏せます。

あの安土城が明智のものに――。

その言葉は、皆の困惑をより大きくしたようです。

安土城は、天下人信長様の本城だった、というだけではありません。丹羽家にとって実に特別な城なのです。

安土城を作った総奉行こそ、丹羽長秀様その人でした。

丹羽家は家臣総出で、未曽有の巨城の建築に全身全霊を傾けました。

一同の脳裏にはその難行の記憶がこびりついています。そして、それが出来上がった時の喜びも。

落成の日、織田家臣一同の中でも、ひときわ歓喜にむせぶ一団、それが丹羽の者達でした。

皆、かちいくさとは違う興奮に心を震わせていたのです。これに比べれば、いくさ場で兜首を得ることなど、蚤《のみ》のような些事に思えたのでしょう。

みな、肩をたたき合いお互いを讃えていました。その真ん中に丹羽様がおりました。

なにせ、天下一の城を作り上げたのです。

丹羽様と共に、信長様の謁見《えっけん》を受けた時のあの誇らしい想い、そして、安土山にそびえたつ天主閣を見上げたときの高揚。

誰もやったことのない前代未聞のことを成し遂げたという自負。

(あれは、羨ましかった)

心からそう思います。

これまで侍はいくさで人を殺し、城を崩し、土地を侵す、そんな役を担い、それを人より多く為す者が立身しておりました。

だが、この者たちは織田信長の天下城をなんと、つくった、のです。

新しい武士の役割。創造という、物事を生む業をなした。

その大きな証《あかし》が、安土城なのです。

「逆臣に渡すための城ではないぞ！」

誰かの叫びに、皆、拳を握りしめ、歯ぎしりをします。

その安土城に明智が入り、朝廷から公卿吉田兼見《よしだかねみ》が下向しました。

これで明智光秀は武家の棟梁として認められ、織田残党は朝敵とされる。その触れを聞き、丹羽様の与力である若狭国衆武田元明《たけだもとあき》、北近江の阿閉貞征《あつじさだゆき》などは、明智の元へと参じたそうです。

帰る城がない。妻子も逃げ、消息も知れない。領国の与力衆も寝返ってゆく。

大坂城に矢継ぎ早に入ってくる凶報は、兵たちの逃亡に拍車をかけました。

「運が悪すぎる」

坂井殿が忌々しそうにつぶやきます。

信長様は、最も信頼する丹羽様をいつでも使えるようにその居城も与力も琵琶湖周辺に固めておりました。

当然なのです。丹羽様は織田家の軍政の全てに携わっておりました。安土城を始めとする築城、陣立て、私のような奉行を差配する都の政務、各地の遠征軍を援護する軍役。そして盟友である徳川様の接待役まで。

信長様は丹羽様を使い続けておりました。そして、丹羽様はそのいずれも一級の手腕でやり遂げていました。だから、米五郎左、なのです。信長様のお側にいなければ意味がありません。

それが、この期に及んですべて仇《あだ》となりました。

この信長様の死から始まる政変。すべての出来事が、丹羽長秀様にとってその身に白刃を受けるような凶事でした。

明智の勢力が固まるたびに、丹羽様の身上は減っていく。

このまま、相手が強大になり、己の力が枯渇するのを待つしかないのか。

「我が殿はなにを」

才気煥発な江口正吉殿も焦燥する面を振り上げるばかりです。

みな、暗い顔を小刻みに振ります。

「やはり、殿は」

武勇抜群と評判の大谷元秀《おおやもとひで》殿が思わず、という感じでこぼしました。

大谷殿は父の代から丹羽様に仕える譜代のご家臣、丹羽様のいくさにはほぼすべてについてきましたがってきた侍大将です。

大谷殿は、つい先日まで佐和山にあり、近江で明智勢の脅威を見て来たのです。

留守居役が佐和山城から逃げるのと同時に城をでて、この大坂へと駆けつけてきました。

「与兵衛《よへえ》（大谷）、いうな」

皆が眉をひそめます。

若手の大谷殿だけではありません。誰もが感じているのです。

さすがの丹羽長秀でも無理なのか。いや、やはり、信長様あっての丹羽長秀なのか。

このまま織田信長の死と共になすすべもなく滅びていくのか。

家臣一同、暗澹《あんたん》たる思いで深く吐息を漏らします。

それは私とて同じでした。

いったい、丹羽様はなにをしようとしているのか。

いや、ひょっとすると、なにもしようとしていないのか。

(もう、諦めているのか)

そんな良くない妄想すら浮かんでくるのです。

(任せよ、とは、なにを)

あの日の確かな瞳は、なんだったのか。

あの沈みゆく夕陽を前に言いきった言葉は何を意味するのでしょうか。

「失礼仕ります」

一同、ギクリと振り返りました。

皆、混迷に陥って気づかぬうちに、丹羽様の小姓が回廊に跪いておりました。

「太田様、殿がお呼びです」

今度は、家臣が一様に私の顔を振り仰ぎました。

思わずのけぞります。それほど、皆の重々しい期待が、わが身に集まるのを感じたのです。

どうにかしてくれ、と。

その声ならぬ声、息詰まるような眼光を受け止め、私は口元をゆがめておりました。

外様の私にどうせよ、というのでしょう。

(わ、わしにすがるな)

よほど大声で叫びたい気持ちでした。

想いを振り切るように、座を後にしておりました。

秀吉、大返し

なんでしょう。なんなのでしょうか、この様子は。

本丸主殿の奥の間に入ると、思わず、眉根を寄せました。

二人しかいないとやたらだだっ広く感じられる座敷の上座に、織田信孝様、その横に丹羽長秀様が端座しております。

そのなんともいえず重い、いや、気まずい様。まるで目を合わせぬお二方の佇まい。なにやら、場違いなところに迷い込んだように、私は立ち尽くしておりました。

「和泉、座れ」

信孝様に顎をしゃくられて、下座に平伏しました。

「備中の羽柴筑前《ちくぜん》より早馬がきた」

丹羽様が低く語ります。

うむ、と思わず目を見開きました。

羽柴筑前守秀吉は毛利攻めのため、備中高松城を囲んでいました。

これは、織田家臣の誰もが知っております。この大乱は、信長様がその高松城攻めを援軍するために出陣するところで起こったのです。

「毛利と和睦が成り、上方へ向けて進軍中とのことだ」

「なんですと」

思わず声を高めておりました。

丹羽様は黄ばんだ紙を差し出してきます。その顔はいつもどおり穏やかです。

焦りに震える手で受け取り、開きます。

日付は六月五日。三日前です。

すでに、羽柴勢は西国街道を東へと向かい、播磨《はりま》に入るぐらいまで進んでいるのではないか。

（それなら）

もっともそれは、毛利が追撃をしなければ、の話ですが。

「今、ついたのはこれだ」

さらに丹羽様は書状を差し出してきます。

受け取ります。思わず指先に力が入っている己に気付きます。

（備前沼城《びぜんぬま》に入る）

そう書いてあります。

備前沼城は織田に服属する宇喜多《うきた》の本拠地岡山城の三里東。羽柴秀吉はすでに撤退に成功しているではないですか。

奇跡。まぎれもない奇跡です。

信長様横死の報が伝われば、毛利勢が羽柴の陣に襲いかかるのは間違いない。

羽柴筑前からの早馬なら、むしろ、その敗報がきたのかと思ったのです。

ところが、このとんでもない朗報。鮮やかな驚きで目の前が彩られるようです。

予期せぬ味方の出現、思いもよらぬことに、思考はとまり、久方ぶりに心に燦々《さんさん》と朝陽が差すような明るい気持ちになっておりました。

「和泉、どう思う」

信孝様の声は、そんな私を現実へと引き戻しました。

(どうもこうもない)

今、この大坂城は八方ふさがりではありませんか。

「これは、真のことと思うか」

信孝様の声は暗く、辛気臭く続きます。

「筑前殿なら、ありうることかと」

ありうるもなにもない。虚報だろうとなんだろうと、信じて備えるしかありません。他にやることもないのです。

心中唖然としておりました。この御曹司はなにを考えているのか、と。

「筑前か」

信孝様は苦々しく顔をしかめ、

「修理《しゆり》(柴田勝家)はなにをやっているのだ」

吐き捨てるように呟きました。

(好き嫌いなのか)

ここまできて、それなのか。

しかし、悔しいことに、その渋く眉根を寄せた顔は、真に信長様に似ています。

似すぎているがゆえに、その整ったお顔を見て吐き気すら覚えておりました。

「丹羽はもう筑前は姫路城《ひめじ》に入っている、と申す」

そして、丹羽様の端然とした顔を窺いました。

「一両日には摂津境まで来る、というのだ」

信孝様は忌々しそうに言うのです。

傍らで丹羽様は二度三度と頷き、口を開きます。

「太田、我らも筑前を出迎えねばならぬ」

「誰が、あの猿を」

丹羽様の言葉に被せる様に信孝様が叫びました。

「信孝様」

丹羽様は低く制します。

「今、大軍を握っているのは筑前です。我々は筑前を頼みとしているのです」

信孝様の顔色が変わるのを感じました。

「軍勢を握っているなら、真っ先にこの大坂城にくるべきだろうが。なぜ、わしから筑前の方へ出向かねばならぬ」

(わかっていない)

心で叫んでおりました。

この御曹司は、もう信長様がこの世にない、という自覚がない。信長様の息子の自分の前に誰もが跪く、と思っているのです。

「太田、手の者を付ける。姫路へ向けて駆けよ。筑前ならすぐ姫路を出るはずだ。明石《あかし》あたりで落ち合えよう。筑前にこちらの状況をつたえよ。筑前がこちらへ向かっているなら西国街道は安全だ」

「ハッ」

迷いなく頷きます。丹羽様の指示はいつでも明快なのです。

「丹羽、わしはここを出んぞ」

信孝様はまだ叫び続けます。

「和泉、筑前に大坂へくるように言え」

その狂態を見るに堪《た》えず、ゆがめた面を伏せました。

お二人はこの議論をずっと戦わせていたのでしょう。

いや、叫び続ける信孝様を、丹羽様は宥め続けているのでしょう。

「和泉、聞いているのか」

「太田、もう行け。わしも信孝様もおっつけ参じる。そう筑前にいえ」

「行かん、行かんというておる。筑前がここへくるのだ」

叫びが交錯する中、立ち上がっておりました。

もうここにいてはいけない。その一心でした。

「和泉、わかっているだろうな」

「太田、疾《と》く、いけ」

面を伏せたまま踵を返しました。

もう振り返ることもできませんでした。

天下への咆哮

丹羽様のいうとおり、大坂から西への道中、摂津の村々に危険はありませんでした。

丹羽様の兵が警固してくれるのも、無用の長物となります。

「羽柴筑前の話ばかりではないですか」

同行している与兵衛が囁きます。

道々の里の者たちは、羽柴勢の進軍の噂で持ち切りでございました。

それは、少しおかしいほどです。

後ほど気づいたのですが、それこそ、秀吉の策だったのでしょう。

すなわち、間者を撒いて、走らせ、「羽柴秀吉、来る」を道々に喧伝《けんでん》し、己の軍勢だけでなく進軍の先々まで気勢をあげんとしていたわけです。

なので、もはや備前国からこの畿内まで沿道の民も兵も沸くように、羽柴秀吉の仇討ち一色となっているのです。

さすが、いくさだけでなく調略を得意とする羽柴秀吉。兵だけでなく、世の中を味方にしてしまう。その人心を摑む才、お見事。実に周到な仕業といえましょう。

羽柴勢と行き当たったのは、兵庫城でございました。

「なんと、さかんな」

兵庫城の前に立つと、思わず声がでました。

この城は池田恒興様の本拠でございます。

城は瀬戸内の海に向かい胸を張るようにそびえる海城です。

織田家臣、池田恒興様は摂津領主荒木村重《あらきむらしげ》の謀叛の鎮圧に功をあげ、信長様から摂津を与えられました。池田様は呪わしい荒木の城花隈《はなくま》城を廃し、兵庫津《ひょうごのつ》が海に向かって開けるこの地に、新たな城をもうけたのです。

それにしても、城の内外にたむろする羽柴勢の軍容の勇ましいこと。

乱立する桐の紋の旗は海風に靡いて、雄々しくはためいております。

その旗がバサバサとたなびく音が、兵の雑踏や潮騒と混じり合い、なんともにぎやか。

兵たちの目も明るく、闊達《かったつ》な声を掛け合っております。

「大坂とはまるで違いますな」

与兵衛の顔も明るく弾けます。

そう、違いすぎるほどに、違います。

あきらかに大坂城を始めとする河内、和泉の兵と顔付きが違う。

ここには追い詰められた者の陰りはありません。兵庫の城は、我々を、まるで真冬の山中から陽光煌めく南国にきたような爽快な気分にさせてくれました。

城内二の丸の馬場に幔幕《まんまく》を張り巡らした秀吉の本陣ができております。

ここは池田恒興様の城ということで、本丸を使うのを遠慮している、とのことでした。

（いやいや、そうではない）

本音では、この兵庫城に長く居座るつもりなどないのでしょう。

「太田殿、よくこられた」

会った羽柴秀吉は明るく叫んで、私の手をとり、強く握り締めました。

悪くない。このようにされると悪い気持ちはしません。

「筑前殿こそ、よくぞご無事で」

信長様横死ののち、すさんでいた心がとろけていくかのような気分でした。

「筑前殿、丹羽様は……」

言いかけたところに、

「太田よ！」

本陣の幔幕を撥ね上げて、一人の武将が躍りこんできました。

「池田様」

池田勝三郎《しょうざぶろう》恒興様は満面の笑みで駆け寄ってきました。

その母は信長様の乳母。信長様の乳兄弟であったお小姓が、長じて部将となり、城持ち大名となったお方でございます。

「よう、生きておったの！」

池田様は近づくや、私の二の腕を、がしりと鷲摑みにしました。

これまた手荒い、痛いほどです。しかし、懐かしい、懐かしすぎる池田様らしい歓迎の仕方でした。

その髭面を崩して、大きな口を開け、心からの声で迎えてくれます。いつもそう、喜怒哀楽を隠さない。その素朴さ、実直さを信長様に愛されたお方です。

「池田様も……」

一礼して答えようと面を上げて、息を呑みました。

池田様は笑顔をひっこめ、目を怒らせておりました。

「大坂から来たのだな。丹羽殿はなにをやっておるのだ」

「は？」

「何度使いを出してもはぐらかすばかり。丹羽殿は大坂城でなにをやっておるのだ」

「な、なんのことで」

「大坂など、大和の筒井が動いたらひとたまりもない。信孝様とともに我が有岡城へ入るように、何度も使いを送った。なぜ、丹羽殿は動かんのだ」

「い、いや、それは」

ぎょろりと剝《む》かれた池田様の両の目をみながら、呆然としておりました。

(知らない)

そんな話があったとは。

確かに摂河泉の織田大名でもっとも頼れるのは有岡(伊丹《いたみ》)、兵庫に城を持ち、摂津国でも明智のいる都から離れた下郡《しものこおり》の領主である池田恒興様。

それでも、単独で明智に対抗できるとは思えません。ですが、死を待つように大坂城で縮こまるよりも、よほど心強いのです。

なにより、池田様なら、裏切るはずがありません。信長様との親密さが、家臣団の中で群を抜いているのです。

なにせ、信長様と同じ乳を吸って育ったお方。小姓としてともに尾張の山野を駆け巡り、二歳上の信長様がうつけと呼ばれた頃からの仲なのです。

家臣というより、弟といって良い。いや、実の親族より信長様と親しい男、それが池田勝三郎恒興様です。

「丹羽殿と話したかった」

これまた気を遣っているのか、池田様はちらりと横目で秀吉をみて、少し声を落とします。

池田様は、丹羽様とも昵懇《じっこん》なのです。

信長様を含めたお三方は、吉法師《きっぽうし》、万千代《まんちよ》、勝三郎と呼び合った幼馴染。年でいえば、信長様、丹羽様、池田様は一歳ずつの差で、小突き合うように共に成長した友垣《ともがき》なのです。それは信長様という風変わりな殿様が生んだ特異な間柄でもありました。

幼き頃より常人離れした信長様は織田弾正忠《だんじょうのちゅう》家《け》のお世継ぎという気取りが全くありませんでした。とても若様とはいえない身軽さで野山に出て、家来だけでなく村々の悪童たちとも泥まみれで遊んだのです。

池田様が乳兄弟なら、丹羽長秀様は元服にあたり、信長様から「長」の一文字をその名にもらった諱《いみな》兄弟でした。

信長様の七つ上でひと世代上の私は、この悪餓鬼どもの交情をつぶさにみてきたのです。

「まあ、良い。息災ならば。これから上様の仇討ちの大いくさよ。これでやっと共に戦える」

池田様はしかめていた顔を崩し、ようやく笑みを戻しました。

「一刻も早く、上様のご無念を晴らす、それだけだ」

布でも引き千切るように叫び、

「上様、今少し、お待ちくだされ」

天を仰いで、目を閉じます。

ああ、池田様のなんと、愚直なこと。

ただただ、信長様の恨みを晴らす。池田様はその一念でいるのでしょう。そして、この

後もそれだけを目指して、都へ猛進するのでしょう。

さすが、そのまっすぐなお心根を信長様に愛されたお方であります。

信長様は、そんな池田様を時に叱り、からかい褒めて、摂津の城を任せたのです。

（いや、だが、丹羽様のお考えは）

言葉には出せませんが、想いは淀みます。

池田様から、そんな誘いがあったなら、その招きに応じればよいではないですか。

まさか、大坂城を捨てることを、武士の誇りが許さないとでもいうのでしょうか。

そんな状況ではなかったはずです。

（やはり、わからない）

頭にそんな想いが巡ります。

「それで、丹羽殿はくるかや」

気づけば、羽柴秀吉が油断なく見つめていました。

「間違いなく」

即答しました。

丹羽様と信孝様の激しいやりとりが、チラと頭をよぎっておりました。

「信孝様もかや」

「はい」

思い出されるのは、あの信孝様の狂態でございます。

念じております。真意がどうだろうと、この件は丹羽様を信じるしかないのです。

（いや、くる）

「は」

頷きましたが、

「確かかや」

秀吉はかぶせる様に続けます。

しつこい。いつになく、しつこい。

羽柴秀吉とは、こんなに粘つくように念を押す男だったでしょうか。

「丹羽様がそういいました」

「そういったか」

その目がギラリと光っておりました。

「はい」

言い切るしか、私にできることはありません。

「よし」

秀吉は声に力を込めました。

「あの丹羽殿がそういうたなら、間違いない。あのお方はやるというたら、必ずやるお方よ。上様の御前でもお言葉をたがえた事はない。丹羽殿も信孝様もご参陣じゃ」

本陣の外にも聞こえるような大音声でございました。

「このいくさ、勝ったぞ」

羽柴秀吉は空に向かって叫びをあげます。

まるで、すべての将兵に知らしめるようでした。

「奮えや」

周囲の小姓が、近習が、旗本の兵が、調子を合わせ、応、と叫びます。

その雄叫《おたけ》びは、鯨波《げいは》の声となって続きます。

えい、えい、応。えい、えい、応！

皆、槍の石突きを地に打ちつけ、太刀をふりかざし、拳を握りしめます。

凄まじい勢い――

（いや、しかし）

見渡して、不意に背筋が寒くなりました。

秀吉の軍は素晴らしい。このように士気の高い軍勢を見た事がありません。

しかし、この者共、本当に信長様の仇討ちを目指しているのでしょうか。

なにか、もっと大いなるもの、己の野望へ向けて叫び、もろ手をあげているのではないか。

そうと思えば、この大軍勢が餓鬼の群れのようにみえたのは、私だけでしょうか。

(秀吉、この男、天下を)

間違いありません。取るつもりです。

明智が覆した信長様の天下をこの男はかすめ取るつもりなのです。

いや、秀吉だけではありません。

ここにいるすべての将兵、小者までもが、今、天下に向かって叫びをあげているのです。

そして、この備中からの大返しは、天下に向けての疾走なのです。

おそらくその濁流に明智は呑み込まれるでしょう。

いや、呑み込まれるといえば、ここから都までの間にいる織田家臣とてそうではありませんか。

なら、丹羽様は来ていいのでしょうか。

秀吉の天下簒奪《さんだつ》の一味として、その名を連ねるだけではないか。

丹羽長秀ともあろうお方が、そんなこと、許されるのでしょうか。

織田一の者といわれた丹羽様が。

信長様の天下を、丹羽長秀様が。


一難去ってまた一難。

この大乱の新たな大波が打ち寄せておりました。

出陣

私はそのまま秀吉の陣に留め置かれました。

賓客のようなもてなしを受けたのですが、後にして思えば、人質だったのでしょう。

大坂城の丹羽様、信孝様の元へは、数多の使い番がでていきます。

そして、丹後の細川、大和の筒井、摂津の諸城へ。秀吉は休むことなく、書状を、使いを出していきます。

それらが戻ってくるたび、秀吉は「大儀」「重畳《ちようじよう》」と大声で叫んでは、「上様の仇討ち、わしも死ぬ。討死覚悟」と続けます。

そのたびに、陣内は大いに沸き立ちます。

応、応、と、皆、意気上がり、上から下まで、祭りのようです。

「なにか、取り憑かれているようですな」

与兵衛はそんな羽柴勢の様をみて、苦笑とともに眉をひそめます。

兵たちは口々に叫び、拳をぶつけ合い、お互いの肩をたたき合い、「明智を討て、怨敵の首《しるし》をあげろ」と言い合います。

「また来ましたぞ」

与兵衛が顎をしゃくる先に、粗末な鎧を着けた武者たちが跪き、秀吉の物頭の指示を受けております。

羽柴陣営には、毎日のように播磨、摂津の地侍、牢人、野武士たちが、十騎、二十騎と馳せ参じてきます。

彼らは、「お供！」「お供！」とギラギラと目を光らせております。

秀吉は、毛利征伐のため姫路城に積み上げていた、軍資金、兵糧を将兵、行軍の道々へばら撒いているのです。ついていけば運が開けると思って当然なのです。

そして、街道沿いの村民はまるで勝ちいくさの凱旋へ喝采を浴びせる様に明るい顔で見送り、貢物《みつぎもの》やら兵糧やらを差し出してきます。

秀吉がばら撒いた金銀もこうやって、戻ってくるのです。

これです。これなのです。

(大崎屋の財があれば、丹羽様とて、これができた)

考えても、悔やんでも仕方がありません。

歯ぎしりをしながら、私は、羽柴勢の疾走の中にいました。


六月十二日、尼崎《あまがさき》を発した羽柴勢は、そのまま土煙をあげ、西国街道を東へ進みます。その進軍を阻むものはおりません。摂津の諸城主はすでに秀吉に同心。高槻城主高山右近様、茨木城主中川清秀様らは、秀吉に合流するべく、城を出ているそうです。

この使い番が駆け込んできたときも、羽柴勢は大いに盛り、猛《たけ》りました。

秀吉は、織田家中一と鳴り響いた大音声で、

「我の勝ち、我の勝ち」

と連呼していました。

その日の行先は、摂津富田《とんだ》、でございます。

ああ、淀川の向こうには大坂城があるというのに。

行軍の列から見渡せば、はるか高台に城がみえているではありませんか。

そうです。秀吉は大坂城へ入らず、そのまま都へ向かう気なのです。

大坂城へこい、そう吐き捨てた信孝様のお姿が目に浮かびます。

丹羽様はどのように宥めているのでしょうか。それを思えば、胸苦しいほどの気分とな

ります。

「太田殿」

吹田《すいた》に差し掛かったあたりで、秀吉に呼び出されました。

「丹羽殿はなにをしておるのか」

秀吉は尼崎の寺で髻《もとどり》をきり、大童《おおわらわ》となっております。

信長様の仇討ちをする意志をその姿でも表していました。

総大将の熱き心意気をみた将兵の士気はもはや最高潮、といっていいほどでした。

その顔はまだ笑みを浮かべております。

「丹羽殿を呼びに行きなされ」

風に靡いたざんばら髪が顔を覆います。その髪を片手で払うと、秀吉は、少しだけ、眉根を寄せました。近《ち》こう、近《ち》こう、と手招きします。

秀吉は顔を寄せてきました。

「丹羽殿のためにもならぬ、もはや猶予はない、早く来るように言いなされ」

つん、と吐息の生臭さが鼻につきます。思わず眉をひそめました。

「あのお方を必ず、連れてこいや」

垂れた髪の合間にみえる瞳の奥が底光りしておりました。

誰に対してもにこやかに礼をするこの男が、こんな顔をするとは。

怪訝そうな私の顔色をみてとったのか、秀吉は、

「ああ、すまん、すまん、昨日大蒜《にんにく》を食した。これからのおおいくさ、精をつけぬとな」

視線をそらし、面をあげ、

「何事も、上様の仇討ちのため」

高らかに言い、ざんばら髪を後ろで束ねました。

その生臭い吐息。大童のサル顔。

織田勢の総大将は俺だ、とでもいわんばかりでした。


私は行軍を外れ、舟で淀川を渡りました。

「太田殿」

淀川の渡しを守っていたのは、あの日のように戸田勝成殿です。

その顔が困惑にゆがんでおります。

「丹羽様は」

問いかけに、戸田殿は首をかしげます。

「それが」

戸田殿は陰りを宿した顔をしかめます。

聞けばすでに、大坂城もいくさ支度で賑わっているとのこと。

でも、将兵たちは、いったいどこに出陣するのか、行き先がわからないまま、ただ慌ただしく動いているそうです。

もう羽柴秀吉が西国街道を都へと突き進んでいることは、上も下も、城下の民にも知れ渡っておりました。

大坂城の兵も、出陣なら秀吉の元へ合流するのか、と口々に言い合っていたそうです。中には「いや、そうではない。とうとう都へ向けて明智討伐へ出るのだ」という者もおれば、「いやいや、籠城の準備だ」という者もおりました。

将兵だけではありません。丹羽の宿老たちも割れている、とのことでした。

「もう割れている場合ではない」

気が急《せ》きます。

戸田殿と共に城へ入れば、本丸の一間で宿老たちは喧喧囂囂《けんけんごうごう》の言い争いをしております。

「やっとこの城をでられる」

江口正吉殿は心からせいせいした顔をしています。

「だが、羽柴殿の陣へ馳せ参じていいものか」

坂井直政殿は怪訝そうな顔で答えました。

「なにがいかぬか」

「いや、丹羽長秀ともあろうお方が、こちらから出向く。これは羽柴筑前の軍門に降《くだ》る、と同じこと」

「降るもなにもない、羽柴殿はお味方ではないか」

「織田家でも序列は殿の方が上、しかもここには信孝様がおる。羽柴殿が都に攻め上るというのに、なぜこの大坂城に入らず、素通りしようとする。そんな奴の元におめおめと参じるなど」

「固い。古い」

「なにを」

若い江口殿が即応すると、老巧の坂井殿は、声を荒らげて抗しました。

「頭が固すぎる。坂井殿、そんなことで丹羽家が生き残れるのか、我ら今までここに孤立無援でいたではないか。城下の噂でも、羽柴秀吉が信長様の仇を討つと民は大騒ぎしておる。羽柴殿が上方に帰参してきたから、やっとのこと、大坂にも兵が戻ってきたのだ。この機に羽柴殿の軍勢に合流せずして、我らがこの世に蘇ることができるのか」

「しかし、話ができすぎている」

坂井殿は顔をしかめて、腕を組みました。

「おい」

話がとぎれたところに、おずおずと口を開きました。

一同の顔が一斉に振り向きます。相変わらずの眼光の鋭さに、身じろぎしました。

「丹羽様は、一体どうしたいのか」

声を励まし、言いました。

すると、それまで言い争っていた皆、辛そうに眉をひそめて、首を振るのです。


丹羽様は、あの日以来、信孝様の近くに居続けたそうです。

それは、どういう意味なのか。なんとも難しいことです。

信孝様がおかしな動きをしないように見張ろうとしていたのか。

いいえ、そうではないでしょう。きっとこうだったのでしょう。

丹羽様は、信孝様の目が届くところに居続けた。

そうでもせぬと、信孝様は疑心暗鬼にかられ、軽挙妄動に走りかねない。

下手をすれば、丹羽様のことを疑い、刺客を放ちかねない。

それだけ大坂城内は逼迫し、皆の心は淀んでいたのです。

(これでは、池田様の招きに応ずることもできまい)

もとよりこの城を動かぬと言っていた信孝様です。そんな様子では、池田恒興様の有岡城になど行けるはずもない。

丹羽様は、何度も信孝様にこう説いたそうです。

「羽柴秀吉の陣へまいりましょう。ともに上様の仇を討ちましょう」

信孝様は全く応じませんでした。

羽柴勢が近づくということは、大きな味方が出現した、ということです。

なのに、一枚岩になれない。なんと理不尽なことでしょう。

「信孝様は顔を背けて、酒杯をあおるばかりだ」

江口殿が喉に絡んだ痰を吐きつける様に言います。

(それどころではない)

秀吉はもう明智との決戦に臨もうとしているのです。

「秀吉は今日中には富田につく」

私が、そう声を高めると、一同はきつく眉根を寄せます。

しかし、誰も動きません。

ことが織田家の御曹司である信孝様に関わる以上、これは陪臣の身では如何《いかん》ともできません。

すべては丹羽様の双肩にかかっているのです。

「丹羽様の元へゆく」

私が言うと、皆が首を横に振ります。

「いかん、太田殿、おぬしが戻ったと知ったら、信孝様がまた」

一斉に引き止めてきます。

「なら、丹羽様をここへ」

私も眦を決して叫びをあげました。

戦雲は着実に動いています。

秀吉の生臭い吐息が鼻の奥に残っております。もう猶予はないのです。


小姓が信孝様と共にいる丹羽様を呼びにいく間も、焦《じ》れるばかりです。

こうしている間も秀吉の軍は着々と進んでいるのです。

丹羽様は入って来るや、座りもせず頷きます。

「に、丹羽様」

思わず訥弁《とつべん》となる私に、丹羽様はなにも聞きません。

「太田、苦労だ」

もう何もかもわかっているかのように、微笑して頷きます。

「出陣する」

全身がしびれました。

ああ、さすがです。それでこそ、私の信じる丹羽様、織田一のお方でした。

ここまできた甲斐があった。やはり、私の心はこのお方とともにあるのだ、と。

「の、信孝様は」

坂井殿が額に汗を浮かべて聞きます。

丹羽様は相変わらず、穏やかな顔で応じます。

「後から出る」

「し、しかし」

これだけ説いてきたのに動こうとしない信孝様です。家臣たちは首をひねりました。

「近こう」

丹羽様は、そんな皆を集めて、囁き始めました。

その低い声が響くと、家臣皆の顔色は変わっていきました。

やがて、一同、応と声を合わせ、頷きました。

丹羽勢三千は一刻（二時間）後、城を出ました。

その粛とした行軍は一糸の乱れもありません。

丹羽様の旗本といえば織田家のいくさのほとんどを知る精鋭です。

歴戦の勇士たちは鋭い目つきで足並みをそろえ、因縁の大坂城をでたのです。

六月十二日もすでに暮れようとする頃、摂津富田に陣を敷いた羽柴秀吉勢の本陣は沸き立ちました。

ついに、待ち焦がれた大坂城の織田勢、丹羽長秀様が合流したのです。

丹羽様を本陣に迎えいれた羽柴秀吉の顔にまず浮かんだのは、溢《こぼ》れ落ちんばかりの笑みでした。

「丹羽殿ぉ！」

周囲に響き渡るような大声で叫びをあげます。

「よくぞ、おいで下さった」

恭《うやうや》しく丹羽様の両手を己の両の掌《てのひら》で覆い隠すように包み、拝み倒すように頭を下げるのです。

「上様のこと、真に無念」

瞳は泣きはらしたように赤かったのを誰もが憶えているでしょう。

「上様の仇、ともに討ちましょうぞ」

そのとき周りには、高山右近様、中川清秀様、そして、池田恒興様、そのご嫡男元助《もとすけ》様、と織田家で摂津を治めていた城主たちが集まっていました。

皆、この光景をどうみたのでしょう。

羽柴秀吉の信長様への忠節、そして、織田家臣の序列を守らんとする律儀でもみたのでしょうか。

ですが、その後が見ものでございました。

秀吉は、すこし声を潜めていうのです。

「信孝様は」

いや、誠意みなぎる顔は変わりません。ですが、その瞳はなにかを探るような、そんな狡知を秘めた光も放っていたのです。

来ていないのです。信孝様は。

どころか、丹羽様は、信孝様を大坂城に置いてきたのです。

でも、秀吉は信孝様を欲している、いやむしろ、信孝様こそ、秀吉にとっては必要。丹羽様の軍勢は三千ほど。羽柴勢は毛利攻めの遠征軍に摂津の諸将の兵を合わせてすでに三万余りおりました。もう必要なのは、兵数ではありません。

そう、いるのは名目、すなわち信長様の仇討ちとして、担ぐ神輿《みこし》さえあれば良い。今、織田の筆頭家老、丹羽長秀が馳せ参じました。ならば、あとは、織田信孝という名さえあれば、すべてがそろう。丹羽長秀さえ引きずりだせば、仲の良くない織田信孝も抱き込める、それこそ秀吉の狙いだったのです。

「筑前」

そんな秀吉の探りを受けても、丹羽様は動じませんでした。

「信孝様は、来る」

丹羽様は言いきりました。

秀吉の眉が大きくあがります。

「案ずるな、信孝様は来る」

丹羽様は力強く繰り返しました。

「おお」

その言葉に、秀吉は大きく目を見開き、感動していました。

織田の米五郎左の言うことです。

本陣の皆が確信し、頷きました。

織田信孝様は来る、と。


一方、信孝様は、丹羽様の突然の出陣を知って驚愕し、ひとしきり怒鳴り散らした後、呆然と立ち尽くしたそうです。

そこに、こんな報せが飛び込みました。

「城下の噂では、大和の筒井順慶の援軍が洞ヶ峠《ほらがとうげ》で明智勢と合流、順慶率いる筒井勢は大和郡山城をでて、この大坂城を衝《つ》く様子とのこと」

信孝様は目をひん剝いて驚いた、とのことです。

「出る、出るぞ。貝を吹け」

ただそれだけ、うわごとの様に繰り返す信孝様に、近習が問いかけました。

「どちらへ」

「に、丹羽へ続け」

信孝様はそう答えたそうです。

実をいうと、洞ヶ峠に出陣したのは、筒井の援兵を待つ明智勢だけでした。

明智はいくら待ってもこない筒井勢に業《ごう》を煮やし、陣を引き払って淀城へ入り、都を衝かんとする羽柴勢を遮るための布陣を始めました。

筒井順慶は大和郡山で一歩も動くことはなかったのです。

この虚報は誰が流したのか。

今となっては、そんなこと、誰にもわかりません。

そして、翌十三日、織田信孝様は羽柴勢に合流しました。

明智討伐、信長様の仇討ちに、すべての駒は揃いました。

それぞれが、様々な想いを抱えておりました。

こうして、あの山崎《やまざき》のいくさは始まったのです。

山崎合戦

天正十年（一五八二）六月十三日、摂津富田でのいくさ評定で、羽柴筑前は意気揚々と語りました。

「信孝様は総大将として、筑前のいくさをゆっくりご覧あれ。布陣はこれで万全」

丹羽様の傍らにいた私はその布陣図をみて、おや、と思いました。

明智は、後方の勝竜寺《しようりゆうじ》城を拠点として円明寺川《えんみようじがわ》の対岸に軍勢を展開して、羽柴勢の渡河を防がんとしています。

対して、秀吉は、前日のうちに、戦場となる山崎を見下ろす天王山《てんのうざん》を奪っています。

その山裾の西国街道沿い、淀川河原までの間に諸勢を展開させる腹積もりのようでした。

ここは、山と大河に挟まれ、狭隘な場所です。三万を超える味方は縦に連なるようになります。

軍勢の最先鋒は、一番手に高山右近様、二番手に中川清秀様、そしてその側方に三番手とも遊撃軍ともいえる池田恒興様など摂津の城主たちでした。そして、摂津勢の後ろに丹羽長秀様、織田信孝様と連なり、秀吉の手勢は最後尾に陣取っております。

いや、合戦の先鋒といえば、いくさ場にもっとも近い城主が務める、それが信長様以来の織田家の慣例。それなら、この先鋒の人選に疎漏はないのです。

しかし、この一戦は上様の仇討ちの特別なもの。

秀吉は、あれだけ「自分は討死、討死」と叫んでおきながら、なにやら、与力で駆けつけた同僚たちを前面に押し出し、己はもう総大将のような陣構えではありませんか。

織田家の合戦で総大将といえば、織田信長様以外にはおりません。

信長様が討たれれば、いくさは負け。どんなに劣勢でも信長様さえ生きておれば、いずれ盛り返せる。配下の諸将はみな、信長様を守り、敵を近寄らせぬよう、懸命に戦うのです。

その総大将の位置に、秀吉がおります。

布陣図を見下ろした瞬間、信孝様のこめかみが張りつめたように見えました。

信孝様の布陣位置は、先鋒隊と秀吉との間で軍勢の真ん中といえるところ。これは見方によっては、中央の総大将ともいえる位置。

ただし、兵の数が違います。

羽柴勢大返しの噂を聞いて、大坂城には逃げ散った信孝様の兵も戻ってきつつありました。それでも手勢は三千ほどでございます。対して、毛利討伐軍を率いる秀吉の兵は二万はおります。

古来、中軍に陣を置く総大将はもっとも多くの軍勢を率いるもの、後備えの将は万が一の敗走を援助する程度の小勢のはず。

大軍の秀吉が最後尾に布陣するのなら、これは明らかに本日の総大将は、秀吉、ということなのです。

いくさ経験の少ない御曹司の目にもこの布陣の真意は見えたのでしょう。

信孝様が一歩踏み出して、大きくゆがめた口を今まさに開こうとした、その時でした。

「筑前殿」

信孝様をさえぎるように響いたその声に、場が静まりました。

いや、皆、聞き間違えたのかと思ったのでしょう。

丹羽様が、秀吉のことを、「筑前殿」と呼び捨てたのです。

これまでは、「筑前」と呼び捨てていました。

それはあたりまえのこと。丹羽様は織田家譜代の重鎮、年若の秀吉を呼び捨ててなんら不思議はありません。

同じ譜代の家老でも柴田様などは、卑賤の出の秀吉を毛虫でも扱うように、「猿」と吐き捨てていました。だが、丹羽様は親しみを込めて、その官名で呼んでいたのです。それは、やっと侍として晴れがましい身分となった羽柴筑前守を讃えるかのようでした。

さておき、ここで、筑前殿、と呼んだ、丹羽様に皆、言葉を失っておりました。

信孝様も戸惑いの目でみていました。池田様も高山様も中川様も、そこにいた皆がです。

「お見事な布陣でございます」

続く丹羽様の言葉に、さらに呆然と目を見開いていました。

「満々、勝利間違いなし」

一同が、むっと息を吐く音が響きました。

これは、すなわち、天下の形勢が秀吉にあると丹羽長秀が認めた、ということなのでしようか。信長様の右腕、織田一の者、米五郎左が。

巨大な音を立てて時代が変わるのを、その耳で聞き、この目で見たのか。

皆がそんな想いに胸を打たれた。まさに、その瞬間だったのです。

「丹羽殿、ありがたし」

誰よりも機敏な秀吉が、最高の機を逃すはずがありません。

「みな、奮えや」

顔面のほとんどが赤くみえるほど大口をあけて叫び、持っていた軍扇を振りかざしたのです。


六月十三日、その日は雨でした。

しのつく雨滴の下、羽柴秀吉の差配どおり、織田勢は布陣していきます。

「こ、これは」

丹羽勢が陣立てをする中、思わず声に出していました。

前に摂津勢がひしめき合っています。

そして振り返ればすぐ後ろに織田信孝様の軍勢が迫っています。

右手に淀川が滔々と流れ、左手には天王山の山裾が迫ります。

身動きができません。

（大丈夫か、この布陣は）

雨にうたれながら丹羽家の兵が馬防柵を設け、粛々と陣を作っていきます。軍勢が陣列を整える中、私は、借り物の具足をつけて、丹羽勢本陣をゆきつ戻りつしておりました。

長らく奉行の役であった私には久方ぶりのいくさです。信長様が亡くならなければ、でることもない戦場。不安が胸に拡がるのは、いくさに慣れないから、それだけのせいなのでしょうか。

やっと雨が弱まった夕暮れ前、前方で激しい筒音が響きました。

「はじまったあ」

叫びと共に、法螺貝《ほらがい》の音色が朗々と響くと、いくさは一気に動き出します。雨のため火薬が湿って鉄砲はほとんど使えないのでしょう。前面のいくさはすぐに槍合わせとなったようです。

山々に人馬の叫びと剣戟《けんげき》の音がこだまし、将兵の頬を震わします。開戦したとたん、背後に布陣した信孝様の陣から、伝令が駆け込んできます。

「前にでて、参戦すべし」

使い番は跪き、口から泡を飛ばして叫びます。

しかし、前に出るも何もありません。

前面の山崎のさして広くもない野には沼が点々としており、先鋒の摂津勢も充分に展開できないのです。折からの雨でその沼沢は広がり、将兵の足に泥濘《でいねい》がからみつきます。とてものこと、軽快ないくさ働きなどのぞめません。

そこを明智勢の猛攻にあい、すでに一番手の高山様は崩れつつありました。

(退くのもままならぬではないか)

崩れながら速やかに退くこともできず、今や高山様と二番手の中川様の旗幟《きし》が交じって、泥地の中を右へ左へ乱れ蠢いております。

「しばし、待て」

丹羽様は、動きませんでした。

前方で叫喚のいくさ音が響く中、端然と床几に腰かけ、背筋を伸ばし前方を見つめておられました。

物見は前線をめぐっては駆け込んできます。

「先鋒はどうだ」

丹羽様は跪く武者に短く尋ねます。

「高山様は後退、二番手中川清秀様苦戦中」

そこから見ても、明智勢先鋒の奮戦は見事でした。

明智の槍鬼と呼ばれた斎藤利三《さいとうとしみつ》は、摂津勢を怒濤のごとく突き崩しておりました。斎藤利三といえば、本能寺に信長様を討った大将。この一戦に賭ける意気込みも並々ではないでしょう。

(いかんぞ)

いくさ不得手の私に、兵の進退の機微はわかりません。

いや、私など兵を率いる将でもない。その日の私は丹羽様の本陣にいる単なる客でした。

そんな私にも形勢が悪いのはわかります。

この下っ腹が震えるような敗勢の恐怖も久しぶりでした。

(どうするのか)

前線の苦戦を前に、粛然と折り敷く丹羽勢を見渡します。

開戦半刻、緒戦は明智の優勢。

味方は、軍兵の数での圧倒的な優位を生かせておりません。

多すぎる軍勢を持て余し、戦場で身動きがとれない。

これでは丹羽勢とて、進むこともできず、退くことも叶わず。

高山勢を救いに出た中川勢も斎藤利三の槍騎馬隊に蹂躙《じゅうりん》され、今や三番手の池田勢が援《たす》け、なんとか踏みとどまっています。

(地の利がない)

なにせ、足場が悪いのです。泥にまみれ足をとられ、そして敵兵に突き崩される。猛将として名高き中川清秀様すらこの頽勢《たいせい》を挽回できない。

（この大軍で明智に敗れるとなると）

ぞっと背筋に寒気が走ります。

明智勢は頼みとした与力衆を欠いた一万五千、対して秀吉率いる織田勢は三万五千ほどに膨れ上がっている。負けるわけにはいかないのです。

「江口殿、これはいかんのでは」

本陣で組頭たちに下知を与える江口殿をつかまえて尋ねます。

「太田殿」

江口殿はスイと視線を横に流します。

その目の先に丹羽長秀様がいます。

曇天はやや薄暗く、日没の気配の中、丹羽様は端然と座っております。

「まだ動くな、ということです」

江口殿の声に淀みはありません。

「しかし、信孝様は良いのか」

信孝様の使い番はその後もたびたび駆け込んできます。

そして、背後の軍勢からはしきりと武者声が響いてきます。

信孝様はせっついてきますが、丹羽勢が動かねば前にいけるはずがありません。

「そちらを宥める方が忙しい」

江口殿は笑みを含んだ顔をしかめて、後ろを眺めます。

ちょっと呆れました。そんな余裕があるのか、と。

「いや、前の摂津勢も」

全滅してしまうぞ、そんな不吉な言葉がもれそうになりました。

「太田殿」

江口殿はたしなめるように軽く首を振り、

「殿の御下知を待つのみでござる」

固く口を結んで頷きます。

そうか、そんなものなのか。

ふと、見渡せば、丹羽勢の本陣は整然としています。

まるで動じていない。

侍大将、旗本の武者、小者、すべての者が、丹羽直違紋《すじかい》の旗のもと静かに列をなし、前を見つめています。

(そういえば)

いつもこうだった。

思い出しました。丹羽様の采配とはこうなのだ。

耐えて、耐えて、勝機を見出す。

丹羽様の与力としていくさに出続けた元亀《げんき》のあの頃が蘇ってきました。

(姉川《あねがわ》のときも)

浅井《あざい》朝倉《あさくら》を破った姉川の大合戦も。

あのいくさも織田勢は浅井勢の猛攻に苦戦をしいられ、一時《いっとき》信長様の本陣前まで攻め込まれた。丹羽様は背後の横山《よこやま》城の押さえとして合戦の外にいたのに、切所《せっしょ》を見極めてかけつけ、浅井勢を突き崩した。

今もそうです。丹羽家の者達はよくわかっているのです。

(慌てているのはわしだけか)

久方ぶりのいくさとはいえ、なんとも情けない。

身に着けた具足もさぞ似合っていないのでしょう。

「殿!」

乱れぬ隊列をしく丹羽勢の人垣を飛び越えて、大音声が響きました。

大物見にでていた坂井直政殿が兵をかき分けて姿を見せました。

「斎藤利三ほか明智の先鋒は摂津勢を押し込み、円明寺川を押し渡りましたぞ」

「総勢渡ったか」

「総勢、渡りました！」

坂井殿は高らかに叫びをあげました。

「戦機《しお》だ」

丹羽様はすっくと立ちあがりました。

「江口」

丹羽様が前を見つめたまま低く呼ぶと、

「ハッ」

と応じた江口殿は明るい顔で右手を振ります。

本陣の前で控えていた大谷元秀殿がにかりと笑って頷き、傍らの愛馬に飛び乗ります。

丹羽家一の馬術の腕前を誇る大谷殿は、馬上軽く左手を上げ、巧みな手綱さばきで馬首をめぐらします。

「そらいけや」

弾むように馬腹を蹴りつけます。まるで舞でも舞うかのような美しい様でした。

突き進む先の人垣が割れ、道ができていきます。

その方角はいくさの混戦、池田恒興様の旗が高山勢、中川勢の間を揺れ動いておりました。

そして丹羽様は軍配をかざしました。

なんとも懐かしい凛としたお姿ではないですか。

耐えに耐え、いざ立つとなると、誰よりも頼もしく、勇ましい。

「前進する」

旗本が顔を上げ、一斉に立ち上がります。

あっと、私も必死につづきます。

「鬨《とき》を」

その声に私の心も揺さぶられるように震えます。実に久しぶりの武者震いです。

またも、思い出していました。

いざ攻めに転じた時の底響くような逞しき戦いぶり。

これぞ、織田にその人ありといわれた丹羽様のいくさ。

周りの将兵皆が、おおう、と叫ぶと、槍を手に前を睨みつけました。

その視線の先に池田勢が動くのがみえます。

「おお、あれは」

誰ともなしに叫びが響きます。

混戦を抜け出て淀川ぞいに進み川を押し渡り、側面から明智勢をつくのでしょう。

「我らは、池田勢と代わって、高山中川を救う。斎藤利三は上様の仇ぞ」

見れば、明智勢は先鋒隊が突出して陣形が伸びている。川すら渡り切って摂津勢と戦う今、明智の本隊と分断されていると言ってもいい。
この隙に横っ腹から明智本陣を攻めれば、戦局は変わります。
(これを待っていたのか)
池田様と呼吸をあわせてそれをなす。この役は丹羽様にしかなせません。
丹羽勢が地響きをたてて動き始めれば、後方からけたたましい馬蹄音が響きます。
「堀久太郎《ほりきゆうたろう》様の援軍がご到着」
後方の秀吉本隊から堀久太郎秀政《ひでまさ》様の騎馬隊が駆け寄せていました。
「さすがは名人久太郎、戦機を外さぬ」
丹羽様の声が高らかに響けば、皆、明るい顔で、応、と頷きます。
「今こそ、明智を討つ」
響き渡る丹羽様の叫びに頷きながら、ふと不思議な想いにとらわれます。
以前、このような情景を見た。
あれは美濃攻めか、はたまた、設楽原《したらがはら》か。
前に、このように信長様の傍らで仁王立ちして叫ぶ丹羽様を見た。
織田の将兵は、その揺るぎなき采配に奮い立った。
(このいくさの総大将は丹羽様か)
これは錯覚なのでしょうか。

その時の私にはそうとしか思えませんでした。

いくさの形勢も変わろうとしていたのです。

合戦は、わずか一刻ほどで終わりました。

前線に兵力を集中したぶん手薄となった中軍を衝かれ動揺した明智勢は一気に崩れました。

明智光秀は勝竜寺城へと敗走し、いくさは羽柴方の大勝利に終わりました。

その日の武功の一番は、難戦を覆した池田恒興様、元助様親子、ともに働いた秀吉の与力加藤光泰《かとうみつやす》殿。二番は先鋒で奮戦した中川清秀様。

丹羽勢はとくに大きな武功はありません。いや、真はどうあれ、その働きが目立つことはなかったのです。

苦戦する前線の摂津勢の救援、攻めどころへの加勢とまるで他者の武功の手助けをするような動きに徹しました。

もとより、織田家での丹羽様のお働きはいつもそうでした。目立ちはしないが着々と事をなす。それが丹羽長秀のいくさだったのです。

侍は、功名と己の利のために戦う。派手に目立つ、それこそが戦国のいくさ働きでした。そのために侍は命をかける。槍働きか、士卒を進退させる采配か、やり方こそ違えど、侍は皆そうでした。

だが、丹羽様はそうではない。陰ながらしっかりと戦陣を支える。それが織田の米五郎左なのです。

その下で、粛々と己の働きをなす、それが丹羽家臣でした。

信長様亡き今でも、その心根はかわらぬ、そんな丹羽様を仰いで、むしろ将兵は安堵していたのかもしれません。

そして、この日の丹羽勢の働き、実はとても大きかったのです。

このいくさで討死した者の数は、羽柴方およそ三千三百、明智方三千。両軍同じ、むしろ織田勢の方が多いほどでした。

だが、明智勢は、後詰《ごづめ》がありません。いくら、先鋒が奮戦しても、それが疲弊したら代わる者がない。後詰の兵の余裕がこのいくさの勝敗を決したのです。

むろん、秀吉の手勢もいくさで働きました。しかし、それはすでにいくさの趨勢《すうせい》が決した後のこと。

戦局が変わるところで働いたのは誰だったか。

それを己から叫びあげるような丹羽様でも、丹羽家臣たちでもなかったのです。

明智の軍勢が失せた戦場では、疲れ切った味方の兵たちが、体を休めておりました。

開戦の槍合わせの頃はやんでいた雨が、また降り始めています。

薄闇の中、ぼたぼたと落ち続ける大粒の雨滴は、天王山を、山崎の大地を、淀の大河を叩き、その音がざあざあと戦場を支配しておりました。それはまるで物の怪たちの談合のように聞こえてきます。

降りしきる雨は、信長様の魂なのでしょうか。いや、敗れた明智の涙なのでしょうか。雨滴は、将兵の具足を、兜を、容赦なく叩き続けます。

疲れて、大地に腰をおろし、得物を投げ出していた兵たちは立ち上がり、顔を天へ向け、その雨を受けておりました。蒸し暑い夏の夕べ、兵たちには勝ちいくさの恵みの雨でした。

丹羽様は、勝鬨のなか、戦場に立っていました。

腕を組み、少しうつむき歩き始めます。時に立ち止まり、なにか探し物でもするような素振りでした。

その胸の内にあるのは、なんなのでしょうか。

信長様の仇を討った感慨でしょうか。

それとも、信長様の腹心としての重い重い責《せめ》を、これから始まる苦難の道のりを思うのでしょうか。

私のような小身者が、丹羽長秀様の想いの深さを測れるはずもありません。

「おお、丹羽どの！」

そのとき前方から、先鋒を務めた中川瀬兵衛《せびようえ》清秀様が家臣を引き連れて、こちらに来るのが見えました。

「わしは誰のところに参ずればいいのだ。いったい、誰がこのいくさの総大将よ！」

中川様は大音声で物々しいことを叫んでおりました。

「さきほど、筑前が、輿《こし》に乗って通り過ぎましたぞ」

中川様は丹羽様の近くまで歩み寄ってきました。

いくさの興奮冷めやらぬその目が、ギラリと光っていたのは憶えております。

「あの猿め、わしを瀬兵衛、と呼び捨て、骨折り、なぞと言い捨てて行きよりましたぞ！」

さすがは中川様。

この方は、かつて、あの荒木村重に向かって信長様に謀叛するように説いた、という噂があります。

織田家では外様で自他ともに認める反骨者。信長様の家来であった秀吉に追従するつもりなどないのでしょう。なのに、そんな男に付いて戦った己への自虐も込めているのです。このいくさで天下をとるであろう秀吉に従わざるをえない今の己。ただ、それを大人しく認めたくない。その思いを外に吐き出せてしまうのが、中川様です。せめてすれ違う者すべてにこう言い触らしては、天下人面の秀吉を皮肉っておきたい。せめてものあがきだ、と。

「まるで信長公のような言いざま、あの猿、血迷うたのか……」

「中川殿」

がなり立てる中川様を遮る様に、丹羽様はうつむいていたその面をあげました。

「骨折り、だ」

丹羽様の周りにいた我々も、ぎょっと目を剝きました。

我々には背を向けていたため、いったいどんな顔でそう言ったか、さだかではありません。

中川様はその場に固まり、呆《ほう》けたように口を開けていました。

骨折り――秀吉と同じその言葉は何を意味するのでしょう。

秀吉を認めるのか。そして、後押しするのか。

秀吉が逸早《いちはや》く天下人への名乗りを上げたのなら、逸早くそれに迎合する、というのでしょうか。

織田一と呼ばれた、丹羽五郎左衛門長秀が。

口をあんぐりと開けて見送る中川様、そして、呆然と佇む我々をあとに、丹羽様は雨の戦場を歩き出しておりました。

その目は何を見つめ、何を考えているのか、その時は誰にもわかりませんでした。

皆、まるで物の怪を見るかのように、その背を見つめておりました。

明智光秀はその晩のうちに、小栗栖《おぐるす》にて落ち武者狩りにあい、命を落とすのです。

ついに信長様の仇討ちは果たされました。

織田家臣はこれをなすためにここまで生き延びてきたはず。

少なくとも私はそのつもりでした。

しかし――

終わってみれば、なんのことはない。明智は討たれるべくして討たれた。

その死は、あの大乱からわずか十一日後のことでございます。

いったい、なんのために明智は信長様を殺したのか。

つい先日まで、我ら織田家臣として同じく切磋琢磨して信長様を守り立てていたではありませんか。まさかに、こうして秀吉に敗れて死ぬためではないでしょう。

胸には、仇を討って恨みを晴らした、という高揚も感慨もありません。

明智を討っても信長様は蘇りはしません。

そして、織田家臣すべてが望んでいた信長様の天下は崩れたままなのです。

(空しい)

胸の内の雨は、降り続いておりました。

安土城焼失のこと

丹羽勢は、羽柴秀吉下知のもと、そのまま都へと凱旋しました。

明智の首級が本能寺跡に晒され、信長様を攻めた家臣斎藤利三が六条河原で斬首されると、丹羽勢は、近江佐和山へ向け都を出ました。

明智に奪われた丹羽様の本拠、佐和山城の接収のためです。

盛夏の濃厚な緑の中、東山道《とうさんどう》を東へ。

夏蟬はわんわんと鳴き、まるで丹羽勢へ喝采を送るようでした。

逢坂《おうさか》の関を抜け琵琶の湖を左手に望み、明智が架け直した瀬田《せた》の仮橋を渡れば、近江平野が広々と開けます。

ほどなく前方に安土の城下町と安土山が見えだします。

そこには金色にかがやく、天主がそびえたっておりました。おるはずでした。

しかし、それが近づくにつれ、徐々に行軍の将兵皆の目が曇りだします。

ありません。

あの絢爛豪華な安土の城がないのです。

歩くにつれ見えてくるのは、黒々と焦げた石垣、まばらに残る真っ黒な木柱、焼けただれた山の斜面。
「お、お城が」
誰となく呟く声が悲しみで濡れておりました。
知っております。皆、安土城が焼け落ちたのは知っていたのです。
だが、この残酷な様を間近に見て、あまりの悲惨さに、打ちのめされておりました。
世は無常。その足取りは重く、皆、目をそむけ、それでも気丈に歩き続けます。
誰よりも、安土築城に心血を注いだ丹羽家の者達。
皆で作り上げた天下一の安土城。丹羽家臣の誇りの城が、今や、すすけた残骸となって
目の前にあるのです。
「畜生め」
思わず声をだしたのは、江口殿か、坂井殿か。
それでもゆかねばなりません。皆、粛々と街道を進みました。
兵が足下の土を踏むたびに、具足の擦れ合う音が、夏空にせつなく響きます。
私は前をゆく、丹羽様の背中を凝視しておりました。
果たして、丹羽様のお心は。
(私とて、こんなに心が痛むのに)
なら、丹羽長秀様のお気持ちは、いかに。

信長様任命の総奉行として、その普請に総力を注いだ、丹羽様は。

馬上の丹羽様は、静かな、いつもと変わらぬ背中で、心持ち顔をあげ、静かに安土山を見つめておりました。

その頭が、時折、小さく頷きます。

それはなにかを己に言いきかせているようにも見えました。

そんな丹羽様の様子を見ていると、まるでそこに安土城があるかのような錯覚に陥ります。

(乱れていないはずがない)

胸にこみ上げる、怒り、悲しみ、嘆き、叫びを必死に押しとどめている、そうにちがいない。

そのとき、私の気を感じ取ったのか、丹羽様は振り返りその目を私の面上へと移しました。

「あ」

思わず、声が出ます。

意外や、そのお顔はいつもと変わらず端然としておりました。

声はありません。その口の動きがみえました。

(かけよ)

書けよ、と、そう見えました。
しばらくいくさに気を取られて忘れておりました。
安土のことを、信長様のことを、書けよ、と、言うのですか。
この身を切る様に辛い真実を書き記せ、と、あなたはおっしゃるのでしょうか。
空しい、空しいではありませんか。
しょせん、人の世は無常。天下人の栄華もあっけなく焼け落ちた。
信長様とて、もういないのです。
呆然と見返す私の視線の先で、丹羽様はもう前を向き、静かに馬を進めておりました。
こうして、後に本能寺の変、と名付けられた大乱は鎮められました。
しかし、終わったとて、なにも戻りはしません。
信長様、信忠様はなく、安土城も焼け落ちました。
そして、それは、新たな諍いの始まりだったのです。

三章　分裂

太田、おのれとわしも随分と長い付き合いとなったのう。

もう若い頃のことを話せる者など、そうはおらんぞ。

そうだな、わしもよく信長様と丹羽様に連れられて、尾張の村々を遊び歩いたものよ。

わしはまだ小僧だったゆえ、お二人の姿は、それはそれは大きくてまぶしかったぞ。

いつも信長様が暴れすぎると、丹羽様が横でうまくたしなめて、いなして、周りを宥めていたのう。

そんなところは大人となっても、変わらんかったな。いや、下手をすれば、あのように天下人と、その筆頭家老などと呼ばれるようになってもまるで同じであったぞ。

信長様はなにせ気性が激しいわい。誰かがそれを繕わねばならん。下手な奴がやればさらにひどいことになる。

できるのは丹羽様の他おらなんだ。丹羽様がおらんときなど、我らは信長様に蹴り飛ばされていたものよ。

そうよ、信長様と丹羽様は表裏一体だったのよ。

そんな信長様がいきなり亡くなってはのう。

いや、本当は丹羽様が信長様の天下を継ぐべきだったのかもしれん。

だがな、太田よ、それは、丹羽様の本意ではないだろうが。

丹羽様は、信長様の天下こそ支えたいと思ったのではないかな。

お若い頃からの二人をみておるわしには、わかるぞ。

そして、わしはあの時、あの賤ヶ岳《しずがたけ》にな、あの丹羽直違紋の旗が翻るのをみて、確信したのよ。

だから、わしも決めねばならぬ、やらねばならぬ、とな。

信長様、丹羽様が作った天下、あとは我ら後に続く者がしっかりと引き継がねばならぬ、とな。

それが、太閤殿下であり、わし、前田又左衛門利家《まえだまたざえもんとしいえ》よ。

殿下はなあ。いや、いろいろと言うべきことはあるかもしれん。

だがな、人なのだ。一点の非もない者などおらん。そうだろうが。

そんな優れたお方の少し足りないところを知って、人は人を愛するものではないかな。

だから、丹羽様が信長様を支えたように、わしが殿下を支えねばならん。

もう信長様にお仕えした者たちも粗方《あらかた》いなくなった。

ならば、わしが支えてやらねばどうなる。

それが、この槍の又左の役目ではないか。

織田家臣で生き残ったわしがやらねばならぬ。それは運命《さだめ》よ、生涯の務めではないか。

なあ太田よ。

おぬしならわかってくれんかのう。

清洲評定

山崎合戦のあと、すぐ、尾張清洲《きよす》城に織田家の主な家臣が集められました。呼びかけたのは、柴田修理亮《しゅりのすけ》勝家様です。

柴田様は、明智の反乱の日、越後の上杉と合戦中でした。越中まで攻め入り、敵の魚津城を落としたばかりだったのです。

本能寺の変報があって、上杉勢の反撃にあい、手痛い負け戦となったそうです。

その後も、上杉に対する備えに追われ、富山に佐々成政《さっさなりまさ》様を置いて、態勢を整えていました。やっと軍勢を率いて上洛するべく拠城北ノ庄《きたのしょう》を出たところで、山崎合戦の勝報を得たとのことでした。

さぞ、お悔しいことでしょう。

なにせ、柴田様といえば、かねて、織田家一の猛将と自他ともに認める武勇のお方。柴田様、丹羽様で織田家の双璧と呼ばれていたほどなのです。

当然ながら、信長様の仇を討つのは自分、と思っていたことでしょう。

いや、仇討ちの主将が丹羽様なら、柴田様を待ったかもしれません。羽柴秀吉は、そんな悠長なことはしませんでした。まるで置いてきぼりを食らったようなものです。

ですが、そこは、さすがに柴田様。

そのまま何事もなかったがごとく、兵を率いて清洲へ向かったそうです。

そして、都や近江から逃げてきていた信長様のご家族衆、織田家臣たちを押さえるや、あたかも己が盟主のごとく、呼びかけをしました。

山崎合戦のあとの都の仕置も捨て置き、丹羽様、羽柴様、池田様、そして、織田信孝様は参じることとなります。これには信孝様の働きが大いにありました。

信孝様には、待ちわびた柴田様からの誘いです。あれだけ動きが鈍かったのに報せが届くや、「一刻も早く」と勇み立ち、周りを急き立てて清洲へ向かいました。

そして、開かれる評定は六月二十七日。この慌ただしさ。

柴田様としては明智討滅後の地ならしがなされる前に、自分が介入しておきたいのでしょう。

信長様ご在世中は武勇ばかりが目立っていた柴田様にしては、なんと、したたかな根回しでしょうか。

しかも、「評定は、集った群臣すべてで意を出し合ってはまとまるものもまとまらぬ。ここは家臣筆頭の、わしと五郎左、筑前、勝三郎で決めよう」と言い出したそうです。小身代の者、与力衆はすべて、次の間に待たせて、奥座敷で四人にて評定することとしたのです。

柴田様は、山崎で明智を討ったお三方の間に、あっという間に割って入りました。この図太さ、そして下心を隠すことのないあからさまなその態度。

信長様がいなければ、あの武人もこのようなものか、と皆呆れかえるばかりでした。

評定での決め事は、織田家の後継者決めと所領の配分です。

後継者は、次男信雄様、三男信孝様のどちらか、と目されていました。

信長様のお子様は沢山いましたが、一門衆として取り立てられていたのは、三男の信孝様までございます。

四男秀勝《ひでかつ》様などは、家臣である羽柴秀吉の元へ養子に出されています。

それでも、「ひょっとすると、明智討ち一の功名者秀吉が、この秀勝様を推すのではないか」と、そんなことを言う者もおりましたが、まさかに、そんなあからさまなこと、できるはずもありません。

いや、それどころではない。

秀吉の腹中にはもっと別の考えがあったのです。

私は、この清洲評定のため、尾張へと出向いてはおりません。出られるはずがないのです。

信長様の頃より、織田家の奉行たちは、所領を持たず、信長様からの俸禄で生きておりました。

これは都の所司代だった村井貞勝様、堺代官であった松井友閑《まついゆうかん》様などすべての奉行が同じです。

さすがの信長様も、都の政の組織は暫定のままでした。やがて天下統一がなってからでいい、と思われていたのでしょう。

都にいた奉行衆は、信長様の雇い者なのです。己の城も領地も、家の子郎党《ろうとう》もおりません。

その者たちは、信長様が殺され、都の統治が崩れたとき、すべての役を失い、扶持がなくなりました。皆、主なしの素牢人です。私もその一人です。

本能寺の一件以来、私はどこの家来でもないのです。

成り行きで丹羽家に身を寄せた私は、今は丹羽家の客分でした。

織田家の家督すら決まらぬ今、私は織田家臣でもありません。

お世継ぎ決めなど、私にはどうしようもないことなのです。

清洲評定から戻られた丹羽様は取り戻した佐和山城にて、家臣をあつめて評定を行いました。

「織田家の家督をつぐのは、三法師君《さんぼうしぎみ》」

前置きなく言いだした丹羽様の言葉に、家臣一同、瞠目しました。

皆、丹羽様の顔を睨みつけるやら、お互いに顔を見合わせるやら。

それはそうです。信長様とともに落命した織田信忠様のご嫡男三法師君はまだ三歳の幼童。

「と、殿、それは、ちと……」

清洲行きに同行しなかった家老大谷元秀殿が思わず、という顔で聞き返しました。

後継者は、次男信雄様、三男信孝様のどちらか、としか皆の頭にはなかったのです。

「まあ、きけ」

丹羽様のお言葉が続かなければ、皆の動揺は収まらなかったでしょう。

「三法師君は御幼少。元服されるまで、信雄様、信孝様が後見される。もとより織田弾正忠家は信忠様がご主君。信忠様亡き今、そのご嫡男三法師君が跡を継ぐのは、極めて順当な筋目」

む、と一同、顔を引き締めます。

私も、心の中でうなりました。

織田家の者どもは、信長様のあまりの大きさに忘れていたのです。

信長様は天正三年（一五七五）に家督を譲り、織田家の主はすでにご長男信忠様でした。

「幼君が家を継いだ故事は、多々ある。そのために後見職がある。叔父である、信雄様、信孝様が、幼君を後見する。守役は堀久太郎殿。なにが悪い」

丹羽様が端然とそう言い切れば、家臣一同、妙に納得します。

「父上」

甲高い声が響きました。

家臣団の最前方に座っていた若者が勢いよく立ち上がりました。

「我は納得できませぬ」

鍋丸《なべまる》様は丹羽様のご嫡男、まだ十二歳の若様でございます。元服を控え、後学のため、この日初めて、評定に列座しておりました。

「今のお話は、弾正忠家のこと。織田宗家についていえば、確かにそうやもしれませぬ。では上様が担っていた天下の政、天下様の後継はどうなるのです。これは単なる織田家の世継ぎ問題とは違います」

鍋丸様は、まだ幼さの残る顔を思い切り力ませておりました。

良い問いでした。賢い若様でございます。そして、丹羽様譲りの一徹さを兼ね備えた、良いご気性をお持ちです。

家臣一同黙然と頷いておりました。

みな、自分が気付かぬ、言えぬことをこの若様は堂々と訊いてくださった、と。

「鍋丸」

丹羽様は厳しくも穏やかな目を向けておりました。

「上様は四年前にすべての位官を辞しておる。上様は織田家の御隠居様。引き継ぐ物などない。都の政は柴田、羽柴、池田、丹羽の四家より奉行を一人ずつだし、合議にて決める。それだけだ」

鍋丸様は目を丸くして立ち尽くしておりました。

「天下はまだ定まっておらぬ。上杉、毛利、北条、伊達《だて》、長宗我部、島津。各地に群雄がひしめいておる。天下を引き継ぎ、政を行うなどと、誰もいえぬ」

鍋丸様はもう言葉が見つからぬ、そんな顔でございます。

(そ、そんなことを)

皆、鍋丸様に同情するというよりも、呆気にとられておりました。

確かに信長様は天正六年（一五七八）に右大臣、右近衛大将の官位を辞して以来、なんの位も得てはおりません。しかし、先の四月、帝は信長様を、太政大臣《だいじょう》、関白、征夷大将軍の三職のいずれかに任じたいと御意向を発し、その使者は信長様の元に来ていたのです。

傍《はた》からみれば、やはり天下人。

その信長様の天下を、まだ定まらぬ、とは。

それに、あの信長様のことを、「織田家の御隠居」とは。

(こんなことが言えるのは、丹羽様だけだ)

信長様の一の者と呼ばれた丹羽様が言うのです。誰が異を唱えられるでしょう。

みな、呆然として、丹羽様のお顔を眺めるばかりでした。

評定の裏側

その場は皆、丹羽様のもと納得しましたが、実はこの話はそう簡単ではなかったのです。

清洲へ随行した坂井殿、江口殿は、家老の詰間《つめのま》に移ると、

「あの評定は、羽柴筑前の意のままであった」

とこぼしたのです。

実は織田家の跡目は織田信孝様にて決まろうとしていました。その裏には誰よりも早く清洲城に入り、他の家臣たちの参集を待つ柴田様の働きがありました。

柴田様は信孝様の烏帽子親《えぼしおや》。であれば、信孝様を織田家の主に据えたい、というのは至極当然の流れとなります。

信孝様もご自分が跡目を継ぐつもりだったのでしょう。担いでくれる柴田様と密談して、評定の段取り、そして、織田家を継いだあとのことも決めていたようです。

その信孝様と馬が合わないのは秀吉です。

そして、いざ評定となります。

場は清洲城の本丸主殿の大広間。

清洲城主殿の広間といえば、信長様が何度となく、お家の大事を決めた場所でございます。

桶狭間《おけはざま》合戦の前夜、降伏や籠城を勧める家臣たちに扇子を投げて、「もう寝る」といったあの場所。

そんな織田家臣の思い出深い広間での評定でした。

発言できるのは、家臣団の代表たる四宿老。柴田、丹羽、池田、羽柴の四人が上座で向かい合っておりました。

あけ放たれた大広間の奥座敷で四宿老が評定を行います。

評定の証人として、小禄の家臣、四宿老が引き連れた陪臣たちが次の間に控えておりました。

小禄の家臣といっても、柴田様がひきつれていた者共の陣容は物凄い。

前田又左衛門利家様、不破《ふわ》彦三直光《ひこぞうなおみつ》様、佐久間玄蕃允盛政《げんばのじょうもりまさ》様ら、信長様お気に入りの荒武将たちです。前田利家様などは能登《のと》一国を領する国持ち城主でした。皆、北陸に持ち城がある柴田様の与力衆ですが、明智征伐のための軍勢を率いて、そのまま清洲へ同行しておりました。

彼らは、柴田様の家臣というわけではない。ただ、織田家の行く末を決める評定はその目で見たい、そんな心根でこの場にいるわけです。

思えば、この評定の様、まるで合戦の布陣図のようなもの。

柴田様は己を強く見せるべく、家臣としてその者たちを従える姿勢でいたのです。

対して、丹羽様は、というと。

本能寺の変で、主な与力衆が明智に与したため、丹羽様には与力大名がおりません。引き連れたのは坂井殿、江口殿、といった陪臣です。これは、織田家の直臣連中と比べるべくもありません。

柴田様は評定の始まりからこう言ったそうです。

「信孝様こそ、上様の跡を継ぐにふさわしいお方、皆、異存ないな」

有無を言わさぬ態度だったと言います。それが当たり前、とでも言うような。

それに対して、秀吉が即座に応じました。

「そりゃあ、筋目が立たんで」

列座の皆はこう思ったようです。

筋目、すなわち次男の信雄様の方が、と言いたいのか、と。

信雄様については、あれこれ述べたくありません。

信雄様はとても英邁《えいまい》とは言い難いお方。生来、ご短慮のことも多く、信長様から叱責を受けることも多かったのです。

「筑前、筋目というが、今は御家危難のとき。最も適したお方を主と仰がねばならぬ。信孝様の生まれついてのご英気、それに筋目と言うなら、ご出生についても信雄様よりお早い」

そのとおりです。

信雄様と信孝様は、生まれ年もご一緒、実は、生まれ日は信孝様の方が二十日ほど早いのです。産みの母が信長様ご寵愛で、長男信忠様の母である生駒《いこま》の方様ゆえに、信雄様が兄として扱われてきたのです。

そんな、皆知っていても口に出せないこと、とても信雄様ご本人がいたら言えないことを、柴田様は堂々と言い切りました。

「ああ、いや、筋目がいかんて」

それに逆うような秀吉の小賢しい態度に、もはや柴田様は摑み掛らんばかりだったと言います。

「筑前、ふざけるな。おのれ、増長したか」

「では、筋目について、お話ししましょうか」

秀吉はそこで背筋を伸ばし、襟を正したそうです。

述べたのは、丹羽様が言われたことでございます。

すなわち、信長様の跡目を継いだ信忠様が亡くなられたなら、その跡目を継ぐのは三法師君だ、ということです。

「三法師様は、上様の嫡孫。これぞ、筋目、というもの」

同じ言上も、丹羽様が言うのとは違います。

秀吉が、あの猿面でなぜこんなことがわからぬ、とばかりにいえば、その小面憎さは相当なもの。柴田様は憤怒で頬を朱に染めます。

いや、むしろ秀吉は柴田様を怒らせようとしていたのでしょうか。

ふてぶてしく鼻をならす秀吉を、柴田様は赤鬼のような形相で睨みつけていたそうです。

だが、ここは大事な話し合いの場。しかも、家臣一同、下座で息を呑んで見守っております。まさか殴りつけるわけにもいきません。

柴田様は怒りを呑み込むと、座を見渡し、

「それが筑前の意として、五郎左、勝三郎はいかに」

と、唸る様に言ったそうです。

その時でした。

まるで話柄がそちらへ振られるのを待っていたかのように、秀吉が腹を押さえて、

「ちと、朝から腹の具合が悪い。また、痛むで、厠《かわや》へ立つで。評定はしばらく休憩よ」

といって、すっくと立ち上がったそうです。

腹が痛いと言う割には、しっかりとした足取りだったと言います。

そして、障子に手をかけると、くるりと振り向いて、

「休憩よ、休憩」

と、目を細めたそうです。

さて、秀吉がいなくなると、柴田様はだまっているはずがありません。

むしろ、休憩、という言葉は不思議な暗示をかけたのでしょうか。

「五郎左、貴様の考えを聞きたい」

いや、柴田様と、丹羽様、そして池田様のお付き合いはふるい。

丹羽様、池田様が信長様の小姓だったころ、すでに、柴田様は織田家のご家老でございます。

しかも「鬼権六《ごんろく》」などと呼ばれ、尾張一の猛将として鳴らしておられました。

若い頃は、その一睨みで織田家の若衆など震えあがっていたのです。

そして織田家臣団の中では武の柴田様、人の丹羽様、ということでその人気を二分しておりました。

丹羽様、柴田様、お二人の仲は良かったように思います。

お互いの才を認め合っておられたのでしょう。

その丹羽様は、前置きなく言ったそうです。

「筑前が正しい」

瞬間、柴田様はかっと目を剝きました。

「貴様、筑前に買われたか!!」

それは、それは、物凄い怒気。周りの皆が吹き飛ぶほどの勢いだったそうです。

激しい罵倒を受けながら、丹羽様は極めて落ち着いていたそうです。

「権六殿、落ち着け、ここは話し合いの場」

「話し合いの場だからこそ、聞いておきたい」

柴田様はもう手負いの暴れ獅子のようでした。

「それは貴様の本音か、それともあの猿の差し金か。まだ物心つかぬ幼君を隠れ蓑にたんまりと取り分を山分けする約定か。貴様、そのような輩だったのか!」

ひどい言いざまです。

むしろ気の置けない仲だからこそ、そのような態度がとれるのでしょう。

「権六殿、聴かれよ」

丹羽様の声はピシリと響きました。

「幼君は我ら家臣が私心なく盛り立てる。古来、幼君が当主となった例は限り無くある。それを避けんとするのは、なにか、己にやましい心があるのか」

「な、なにを」

ぐっ、と柴田様が喉を鳴らす音が響きました。

そして、苦いその顔で座を連ねる群臣の方へと向き直りました。

「皆の者、聞け。米五郎左と呼ばれ、織田家に欠かせぬ者と言われた丹羽長秀が、なんと、筑前に迎合し、媚を売らんとしておる。これを皆、許して良いのか」

一同、固まるばかりです。

それはそうです。この場で発言できるのは四宿老のみ、というのはこの評定の決め事。それを厳命したのは、ほかならぬ柴田様でした。

「おやじ殿」

低く声が響きました。

池田勝三郎恒興様は眉根を寄せて、ひざ先の畳を睨んでいた視線を少し上げました。

池田様は山崎合戦で一の武功をあげ、宿老筆頭として評定に加えられたものの、本来の織田家臣の格で言えば、他の三人からは一段下。

そんなご自分の立場を知るのか、にわかに担ぎ出されたこの評定でも、口を真一文字に結び、控えめに目を伏せておりました。

もとより池田様は出世争いに見向きもせず、家中のどの勢力にも属しておりません。信長様の乳兄弟、昵懇衆として一途に励んでいただけでした。

そんな池田様が重い口を開きました。

柴田様は、まるで石がしゃべったかのように驚きの目を泳がせます。

「丹羽殿のご意見が正しいように思います」

粛とした広間に、その声が響き渡りました。

柴田様は大きく息を吐いて、肩を落としたそうです。


「そうして評定は終わったのだがな」

坂井殿はまるで今、評定の間をでてきたかのように、声を震わせております。

「その後、ひどい目にあったわ」

深くため息を漏らします。

評定が終わり、四宿老が去ったあと、広間の家臣たちも散会となりました。

坂井殿、江口殿が立ち上がりかけたとき、いきなり目の前に大男が立ちふさがりました。

「おい、丹羽の者ども」

男ははったと睨みつけてきたそうです。

「見損なった」

佐久間玄蕃允盛政はいかめしい髭面の目を爛々と輝かせ、握りしめた拳をブルブルと震わせていました。

佐久間玄蕃殿は十五で信長様の上洛戦の六角観音寺《ろっかくかんのんじ》城攻めで初陣を果たしてより、織田家の主な戦いに出続けて功をあげ、信長様からたびたび感状を賜った猛将。柴田様の姉様を母に持つ信頼厚き一族の武将でした。

六尺超える豊かな身の丈から、「鬼玄蕃」の異名をとる織田家中屈指の武人でございます。

「あの信長公一の者と呼ばれた丹羽長秀ともあろうお方が、猿面冠者《さるめんかじゃ》の肩を持つとは。許せん。断じて許せん」

辺りを憚《はばか》りもしない声でがなり立てます。

なにせ、鬼と呼ばれる荒武者を絵にかいたような男です。

「やめろ、玄蕃」

そう後ろから押しとどめた大男は、律儀者で知られる前田又左衛門利家様だったとか。

その隙に、坂井殿、江口殿は逃げるように退散したそうです。

「この言葉、そのまま伝えよ」

二人の背にそんな玄蕃殿の罵声が追いかけてきたそうです。

「伝えられるか、そんな言葉」

坂井殿は、渋く顔をゆがめております。

「だが、おかしいと思わんか」

そのまま大きく頭を振ります。

「これでは、殿は、羽柴様にいいように操られているようにしかみえん。評定後も参集した者みな、そう言いあっておったわ」

丹羽様の評判は散々でした。

丹羽長秀は羽柴筑前と談合していた。

織田家譜代筆頭の誇りを捨て、成り上がり者の足下に跪いた。

秀吉の口車に乗せられ、肩入れして、己の利を図るつもりだ。

これらは、まだいいのです。

丹羽長秀は信長公がいなければ、腑抜け。

そんなことまで囁かれていたのです。

「これが、信長様の右腕と呼ばれ、信義一途、織田家の屋台骨と言われた、殿のお姿か。いや、強《したた》かと言えばそうだが、こんな殿、わしゃあ、みたことがないぞ」

坂井殿は苦々しく口元をゆがめて言います。

「いや、そんなこと、わからぬ殿ではない」

そこまで黙っていた江口殿が目を怒らせます。

「わからぬことはない、ということは、これはどういう了見よ」

「いや、深いお考えと、駆け引きであろうが」

「駆け引き？　あの殿が、織田の米五郎左が、か」

坂井殿の問い返しに、周りで聞いている家臣たちも、頷き合います。

それはそうです。丹羽長秀、といえば、実直、誠実。駆け引きの人ではない。

だからこそ、織田家臣団の中心となってきたのではないか。

剛腕であくの強い柴田様も、成り上がり者の秀吉も、信長様の幼馴染の池田様も、寡黙な滝川一益様も、織田家総領の信忠様も、一門の信雄様も、信孝様も。

武人ばかりではありません。奉行衆筆頭の天下所司代村井貞勝様も、堺の商人を牛耳っていた代官松井友閑様も、茶人の利休《りきゅう》ですら。

謀叛人の明智でさえも、丹羽様には格別の親しみをもって接しておられました。

そんな丹羽様にこそ、家臣たちは付いてきたのです。

腹の中で人を欺く策を練り、阿諛追従《あゆついしょう》に走る丹羽長秀など、誰も見たくないのです。

「あの信長公が亡くなったのです。殿とて、頭を使わねばならぬのではありませんか」

おずおずと口を開いた者がおります。

長束正家《なつかまさいえ》殿は賢そうな目を光らせていました。

長束殿はつい先年、丹羽家に仕えた近江出の若者。小柄の痩身で細面。残念ながらいくさ場で役に立つようにはみえません。しかし計数に明るく、算勘にすぐれており、その頭脳の明晰さには目を見張るものがあります。丹羽様はそれを見抜き、勘定方として登用しております。

「それは、そうだが……」

坂井、江口といった古参の者達は、眉をひそめます。

「丹羽家は今、存亡の秋《とき》。主家がこのような状況です。殿とて、謹直であれば良い、ということではないのです。頭をめぐらせて、人の心を読んで動いてなにが悪いのです。もう上様の下知に従えば良いのではない。生き残りをかけて強かに振舞わねばなりません。人の評判うんぬんではありません」

長束殿は、若者らしくない、ぼそぼそとした口ぶりで言います。

家老たちは、一様に顔をしかめます。

いかにも正しい言葉です。しかし、正しいからと言って、容易に受け入れられるものではないのです。

丹羽家臣たちが、丹羽長秀に望む姿は、そんなものではない。

「お前のような新参者にはわからんのだ！」

坂井殿は、渋い顔のまま、若者を追い払うように吐き捨てます。

武功を重視する宿老重鎮たちは、丹羽様が長束殿のようなひ弱な者を引き上げるのが、理解できないのです。

長束殿は叱られた子犬のように、肩をすぼめて、

「では、どうすればよいと言うのですか」

泣き出しそうな顔をそむけました。

一同、眉間のしわを深めるばかりです。

(どうすればよい)

(こうするしかないのか)

(いや、もっと深いお考えが)

皆がそんな想いを胸に溜め、考えあぐねておりました。

清洲評定での織田家の遺領分けで、丹羽様が得たのは、若狭一国、近江国のうち滋賀郡坂本城と高島郡大溝城でございました。

なんのことはありません。もとより丹羽様は若狭の大名衆を与力として従えておりました。その若狭の国衆の武田元明様がこのたび明智について滅ぼされたので、そこを直領とすることになったのと、津田信澄様の旧領高島郡、明智の旧領滋賀郡を得たのです。これは近江佐和山の替え地、ということです。

丹羽様の勢力はほぼ変わっていないのです。

柴田様などは、なにもしておらず、落とした魚津城を上杉に奪い返されたというのに、こたび、近江長浜《ながはま》という新城を得ました。

秀吉は、確かに毛利攻めから鮮やかに取って返しての明智討ち。功名第一と言えましょうが、従来従えていた播磨国に加えて、都を含む山城国、そして養子の秀勝様へということで明智旧領の丹波国まで加増。人に譲ったのは長浜城だけ。

もはや織田家の一家臣とはいえない大領の持ち主。大大名といってもおかしくはありますまい。

それに比べて丹羽様はというと――

なんのために、丹羽様は、信孝様を宥めて秀吉陣へと引き連れ明智を討ち、織田家四宿老として清洲評定へ臨んだのか。

所領の取り分で得などまったくしておりません。

これで秀吉に誑《たぶら》かされたのなら、まったくの、貢ぎ損。

柴田様からは、罵られ損。

その内実はまったくわかりませんでした。

丹羽家奥方様御事

「まったく、夢のようでしたよ」

私は、佐和山城本丸の奥御殿の一間に、丹羽様の奥方、お峰《みね》様を訪ねておりました。

「悪い夢ですよ。それは、それは、うなされるほどにね」

上座のお峰様は白小袖を着て、紅色の鮮やかな打掛を腰に巻き、花のようにふわりと座っていました。

信長様の異母兄、織田信広《のぶひろ》様のご息女のお峰様は、少し伏せた横顔が信長様に似ておりました。

信長様は、この女性《にょしょう》を養女とされて、丹羽様に妻合《め》わせました。

そのとき、織田家臣たちはこうささやきました。

姪のままやっても、充分に一門とできるはず。丹羽様と親子の契りを交わすため、わざわざ養女としたのだ、と。家臣たちは、そんな羨望のまなざしで丹羽様ご夫妻を祝ったのです。

お峰様は、ご長男鍋丸様を出産されてから体調がすぐれず、ことあるごとに床に臥せっておりました。

そんな奥方様に今回の騒動は、さぞ、身に心に応えたことでしょう。

「でも、本当にあの明智様が上様を討つなんて恐ろしいことをしたのか。私はいまだに信じられないのですよ」

四十路を越えても、病弱でか弱いお峰様は、二十《はたち》そこそこの若さにみえます。

そんな繊弱さは、益々この女性の美しさを際立たせます。

やはり、織田家の女性は皆、お美しい。その透き通るように白い肌、切れ長の美しい瞳。

時に、ぞくりとするような色香を感じることもありました。

明智の謀叛で佐和山城の丹羽家臣は皆、美濃、岐阜城下まで逃げておりました。

お峰様も留守居の家臣たちとともに、その身一つで逃げたのです。

明智の討滅、清洲評定の終りと共に、やっと佐和山に戻ってまいりました。

「今でも夢にみてしまいます」

そんな事を言いながら、お峰様は口元に柔らかな笑みを浮かべます。

いつもそうです。このお方は、ご自分が寝込んでいようと、信長様が苦境にあろうとも、丹羽様が織田家の苦難を背負って奔走しようとも、その楚々とした微笑みを絶やすことがありません。

いつも、丹羽様の傍らで、留守の居城で、つつましく穏やかに咲いておられます。

丹羽家臣たちは、そんな奥方様を菩薩の様に仰いでおりました。

私も、丹羽様の与力時代より、お峰様の笑顔に魅せられておりました。

こうして折をみては、ご機嫌を伺いに訪れております。

いや、癒されているのは、私の方なのかもしれません。

「やっと戻れたかと思えば、お城替えです。慣れ親しんだこの佐和山ともお別れですね」

天正十年（一五八二）六月末、湖東の地に盛夏が来ておりました。

お庭では、夏蟬がせわしく鳴き続けております。

それは、まるで、儚く散った信長様との想い出を、天へ送る読経のようにも聞こえました。

佐和山は、近江浅井を攻めた時、主将であった丹羽様が、初めて城主として得た城でございます。

「上様も、何度もこのお城にお寄りになられて」

お峰様は愛《いと》おしそうに、奥の次の間を、天井を、柱を、見回します。

そうです。佐和山は、東山道の要衝、信長様のご本拠、安土と美濃を結ぶ琵琶湖東の拠点でございました。

信長様は、西へ東へと駆け巡り、乱世を平らげる合間に、よくここに寄って、休息されました。

もっとも気の置けない家臣である丹羽様と、姪であり養女であるお峰様とのひとときは、信長様を癒していたのでしょう。

開け放たれた障子窓の先には琵琶湖が望めます。夏の陽が燦々と輝いて、湖面を照らしておりました。

信長様も何度となくこの景色を見たに違いありません。

お峰様も、様々な想いがあるのでしょう。それは丹羽様とて同じはずです。

佐和山の城から丹羽様の大名としてのお役目は始まりました。

やがて若狭小浜《おばま》城も任されると、そのまま若狭の城主たちが、与力としてつけられました。織田家臣で一国の支配を任されたのは丹羽様が初めてでございました。

「太田殿は、これから、いかがされるのですか」

「拙者、このたび、丹羽様からお召し抱えいただけることとなりました」

「あら、そうですか。それは、心強い」

「聞いておられませんか」

「殿もお忙しくて、なかなかゆっくりお話もできません」

お峰様はすこし寂しげに言うと、目を伏せました。

確かに、丹羽様はろくに城におりません。奥での夫婦の語らいなどなかったのでしょう。

まして、病弱なお峰様に閨《ねや》の務めは難しいか、などと、いらぬ妄想もよぎります。

(なんて不遜な)

そんな想いを断ち切るべく、慌てて面を伏せます。

「本日はそのお礼も兼ねまして」

無禄、主なしとなった私は、丹羽様に拾われ、その家臣の末席に加えていただくことになったのです。

ありがたいことでした。私が他にどこにいけると言うのでしょう。

丹羽様以外に私が頼れる方などおりません。頼る気もありません。

「お世話になります」

さらに面を伏せながら、私の横に茶菓子を運んできた侍女にふと目をとめました。

「新しく奥向きの用で雇った娘です。お奈津《なつ》と言います」

お峰様が紹介すると、薄紫の小袖姿の娘は、つつましく両手をつき、頭を下げました。

「先の乱でお城から逃げる時に、皆、いなくなってしまったから」

お峰様の和やかな声が響く中でも、私の目は娘の面立ちに釘付けになっておりました。

まだ小娘というべき年頃なのに、愁いを帯びた瞳がしもぶくれの頬の上で輝いています。いかにも男好きするような、厚ぼったい唇がつつましく結ばれております。そして、そのみずみずしく張った胸元、腰つき。

不覚にも欲情に体が震えます。実に久方ぶりに男の本能が目覚めるようでした。動乱続きでそんな余裕もなかったのですが、男というのは不便なもの。平静な時がくれば、欲情も盛ってくるのでしょうか。

「どうしました、太田殿?」

お峰様の声に、はっと我に返りました。

年甲斐《こ》もなく、小娘に懸想《けそう》するとは。しかも、奥方様の侍女です。いけません。

「良い娘でしょう」

お峰様の笑みを含んだ言葉は、波立つ私の心を読み取っていたのでしょうか。

思わず、また女の顔を覗きみておりました。

お奈津、という侍女は、恥じ入るように瞳を伏せています。

夏蟬の声がさらにせわしく鳴り響いておりました。

琵琶湖の夕立

そのままお峰様の元を辞し、下城しました。

今の私は佐和山城下の空き屋敷を仮住まいとしております。

丹羽様にお仕えするとはいえ、丹羽家はこの佐和山をでて、新領へ移らねばなりません。

せっかく取り戻した城も、次の城主堀秀政殿に明け渡すこととなります。

丹羽様は、焼けた明智の坂本城を居城とせず、津田信澄様の居城であった大溝城へと移ります。

城のある近江高島郡は、琵琶湖を隔てた向こう岸となります。

「ご転居ですな」

与兵衛が出迎えてくれました。

「織田のご家臣皆様の大移動となりますな」

うむ、と頷き屋敷にあがり、小袖を替えます。

私の屋敷は安土にありますが、これも大溝へ移さねばなりません。

都では所司代屋敷の一間が定宿でしたが、もうここへ戻ることもありません。

都を含む山城国は秀吉のものとなりました。

清洲での取り決めでは、都の治政は、織田の四宿老家から一名ずつ奉行を選んでとり行う、ということでした。丹羽家からは、江口正吉殿が奉行となり上洛しましたが、すぐ帰ってきました。一度も四奉行はそろわず、この決め事は崩れるのです。

秀吉は、あの古戦場の山崎に新城を築き、都の仕置を独り占めしております。村井様はじめ都にいた奉行も信長様がつくった所司代のお役所もすべてなくなります。

大半があの乱で死にました。

城も家臣もいない一奉行だった私は、転居とはいえ、己と数名の家人のことだけ考えればよいのです。これは、まだ幸いなのでしょうか。

「しかし、こたび、丹羽様の下では、お武家に戻られるのですかね」

「さて、どうかな」

与兵衛の素朴な問いに、首をひねりました。

俸禄をいただく以上、なにがしかの役につくことにはなります。

久々に侍の役につくなら、いくさに備えて兵役も務めねばなりません。そうなると、家の子、郎党を雇い、武家を立てねばならない。

少し、けだるさを感じました。

私は、もう五十を越えております。息子も元服して織田信雄様の元へ出仕しているのです。

「嫌そうですな。また、丹羽様の右筆あたりでしょう」

与兵衛はあっけらかんと言います。

苦笑しました。相変わらず物事に動じない男です。

丹羽様なら、その辺りはわかっておられるかもしれません。いや、わかっているからこそ、私を召し抱えてくださったのでしょう。

「丹羽様にお委ねするしかない」

ふう、と一つ息を吐きます。

「でも、しばらく筆はお控えのご様子で」

む、と目を細めて見返しました。さすがにこの男は見ています。

この混乱。そして胸を満たす諸行無常の想い。

信長様亡き世、その後の混迷など書いても仕方がない。

私はもう筆を握る事すら億劫になっていたのです。

しばらく日記も書いておりませんでした。

「旦那様、少し聞いてもよろしいですか。いや、怒らんでくだされ」

与兵衛は、いつになく問いを続けてきました。

「これから織田家はどうなるのでしょう」

うむ、とまた私の心は淀みに引き戻されます。

決して、悪気はありません。与兵衛はもう私にとって朋友のようなものです。あの本能寺からの危難を共に乗り越え、戦場から共に生還した同志なのです。

この男なりに、心底、私の事を案じているのでしょう。

「大きな声では言えませんが、織田家はもう終いじゃないですかね。丹羽の殿様は大丈夫ですか」

何も言えません。

それは、織田家臣皆が思いながら、口にださないことでしょう。

「巷の噂はすこぶる悪いですな。丹羽長秀様は力に阿《おもね》る日和見者。結局、誰かにすがらねばなにもできない、器が小さい、とね」

与兵衛は容赦がありません。武家郎党と違って、その言いざまは明け透けです。巷の民すらも、そう見ているのでしょう。

「羽柴筑前の方が、景気が良いんじゃないですか?」

思わず、顔をしかめました。さすがに、その言葉にはむかっ腹が立ちました。

しかし、与兵衛は一向にひきません。

「旦那様ほど筆達者なら、なにかしらお役もあるでしょう。秀吉も雇いますわい。あちらは日に日に盛んになり、人手も足らんようです。丹羽様も傘下に入るなら、旦那は直に秀吉に仕えた方がよいでしょう。いくら御恩があれど、先細りの家にいても仕方ないでしょ方が得。そして、陪臣《そし》よりも直臣のほうが得るものが大きい。

周りがいくら謗ろうとも、秀吉の勢いは止まりません。なら、いっそ、早くひれ伏した

正しい。正しすぎる。

私は腕を組んで押し黙りました。

「言うな、与兵衛」

う」

(だが、そんな権勢に靡くなど)

思いつつも、与兵衛の勢いと戦う気力が湧きません。応じることすら億劫です。

「少し、そぞろ歩きでもしてくる」

「今、帰られたのに?」

「そうだ」

「お供を」

「一人でいい」

少し頭の整理がしたい、と思っていました。

夏の日は長く、まだ日没まで時があります。私は城下へと出ました。

明智の乱で降伏した佐和山は、やっと町人が戻ってきたところでした。

留守居の家臣が籠城せずに逃げたおかげで、城下は焼かれずに済んでおります。

もっとも籠城などしたとて、多勢に無勢。逃げる以外の道はなかったのでしょうが。

佐和山は静かな琵琶湖畔の町です。

蟬しぐれの中、目指すところもなく、私は一人歩きました。

思いは巡ります。

そもそも、こたびの三法師君のお家継承、所領分けはこのまま続くのか。

いや、それはありえない。穏便にゆくはずがない。

山崎のいくさ、清洲評定の様子。

秀吉は明らかに喧嘩を売っている。いくさせん、と仕掛けているのです。

今、最高潮の勢いにある己に反抗する者を、この機に踏みつぶしてしまう。

そして、そのどさくさに紛れて天下をかすめ取ってしまう。魂胆が見え見えなのです。

秀吉だけではない。あの山崎合戦までの羽柴勢の勢い。それは、織田家の筆頭家老として数か国を治めるだけでは収まらない。

あの高まりに高まった将兵の情念を燃やし尽くすのは、もういくさしかない。

明智討ちどころか、天下を狙ったおいくさです。

良くない妄想は膨らみます。

やがて、織田家臣同士で、血で血を洗う争いになる、と。

頭に、秀吉のにやけた猿顔、信孝様の血走った目、柴田様の傲慢な髭面が浮かびます。

他にも様々な顔がしじまの中に浮かびます。考えれば考えるほど、不安が拡がります。鬱々と思案しながら歩き続け、いつのまにか、湖岸に出ていました。

湖は静かに波を寄せておりました。

見渡せば、比良《ひら》の山々が湖水の向こうに霞んでおりました。その麓辺りの対岸が大溝のはずです。

左手に目を移し、湖岸に沿って視線を伸ばしていきます。

そこには安土城があるはずでした。

いまも安土山は彼方に鎮座しております。

だが、その景色はかつてと違います。まったくといってよいほど違うのです。

山上に天主がありません。

明智の残党が逃亡するのに焼いたとされておりましたが、実は織田信雄様が慌てて焼いてしまった、という噂がもっぱらです。

それが真ならば、あのお方の痴愚ぶりに、怒りを通り越して呆れの念すら湧いてきます。

(安土城すら、もうない)

山頂にそびえたつ天主閣、遠く見れば、湖に山ごと浮かんだがごとき、巨城。

織田家臣は安土城を仰ぎ見、またその麓に屋敷を与えられ、さらに天主に上り下界を見渡したとき、全身が燦々と輝くような栄光に包まれたのです。

それは、新しい時代を己らが切り拓いたという誇り。そして英雄織田信長とともに、その変革を彩ったのだ、という鮮やかな自負。

(世は無常だ)

心で繰り返しておりました。形ある物は壊れる。それは城も人も同じこと。

心血注いで成した天下も朽ちて、藻屑となる。

安土城を焼いたのが信雄様なら、その象徴は、信長様の息子の粗相にて、一晩で消滅したのです。

(やはり、信雄様は駄目だ)

そういう意味では、跡目は信孝様となるのでしょうか。

もしあの時、丹羽様が大坂城で大崎屋の富を使って、明智討滅の軍を起こしたならば。

当然、信孝様を総大将として、明智を討ったでしょう。

必然として、丹羽様は信孝様を後継として担ぐことになったのでしょう。

「あの信孝様、か」

呟きとため息がともに出ました。

瞼の裏には、大坂での信孝様の狂態が焼き付いております。

それは、どう打ち消そうとしても消えません。

信雄様と比べてましだ、というだけで、あの方を押し上げていいのか。

ならば、三法師君世継ぎの方針は、極めて妥当と思えてきます。

(危なかった、のかな)

大坂城で動かず秀吉の下座についたのは、天下のために良かったのかもしれません。

(そういえば)

わしに任せよ、そう言った丹羽様の顔が思い出されます。

ひょっとすると丹羽様はこんなことまで見越して、大崎屋の富を捨てたのか。

(まさかな)

いや、そんなことできるはずがない。そこまで読めるはずがない、あの急場で。

頭を二度三度とふり、考え直そうとします。

同じ思いが何度も浮かんでは消えます。堂々巡りで答えはでません。

思いのほか長く湖岸に佇んでいたのかもしれません。

気が付けば、西の空が暗くなっております。

比良の山々の向こうから黒い雲が湧きだしております。

それは、これから織田家に起こる大波乱をつげるような勢いで、天空を覆いつくそうとしておりました。にわかに湿った風も吹き出しています。

曇天を見上げると、一粒、二粒と頬を濡らします。

雨の湿った臭いが鼻の奥に絡みつくようです。

夏の夕立はやがて激しく湖面を叩き始めました。

雨宿りする木立もない湖畔に、私は立ち尽くしておりました。

これは、これからの織田家へ降る苦難の雨なのだ。そんなことを考えておりました。

濡れるのもいい。いっそ、ずぶ濡れに濡れたい。

そんな、気持ちでおりました。


「太田様」

黙然と佇んでいると、後ろから声をかけられました。

振り向いて、目を見張ります。

雨音のせいか、気配に気づきませんでしたが、近くに女が一人立っております。

菅笠をかぶり、雨除けの蓑を手にしたお奈津は、ややうつむき、瞳だけで見上げておりました。

薄紫の小袖が雨に濡れ、その素肌に張り付いております。

まるでそれを恥じるかのように立つこの娘は、美しいというのか、艶《つや》やかというのか。

いや、妖しい、といっていいのかもしれません。

上目遣いの瞳の光に、また下腹が震えるような気になっておりました。

「先ほどは」

心の動きを見透かされぬように、低く声をかけます。

お奈津は、深くお辞儀をしました。そして、両の手で蓑を差し出してきます。

「いや、それはお前がかぶりなさい」

お奈津は首を振り、うつむきます。

「なぜ、この湖畔に？」

この娘が一人でこの夕暮れに、というのが少しひっかかりました。

「さきほど、太田様が湖の方へ歩いていかれるのを見かけましたので」

責められて恥じ入る様に、伏し目がちに私の顔を見ます。

そんな瞳の色に胸が躍るような想いにかられます。

「帰りなさい」

「はい」

と言いながらも、お奈津は、掲げた蓑を下げようとしません。

叱責でも受けるかのように、その場で唇をすぼめてうつむいております。

私は受け取り、

「途中まで共にゆこう」

その蓑をお奈津の肩にかけました。

すでにずぶ濡れの体に、それはさほど意味をなしません。だが、そうせずにはいられませんでした。

濡れて肌に張り付いた小袖から窺えるその裸身を覆い隠さねば、その場でお奈津を押し倒してしまうかもしれない。そんな衝動を抑えていました。

生温い雨は降り続いています。

無言で城下に向かって歩く私の後に、お奈津は小股でつつとついてきます。

「太田様」

小さく呼びかけてくる声に振り向いて、どきりとしました。

その白い顔が思いがけず近くにあります。

「濡れております。私の屋敷でお休みください」

目を見張りました。

「城へ戻らぬのか」

そう言ってしまったとき、私はすでに、お奈津の言葉に魅せられていました。

「今日は、宿下がりでございます」

お奈津の瞳は切迫したような、しかし妖しい輝きを増しておりました。

「では、少しだけ」

低く答えておりました。

我が屋敷まで歩いて四半刻もかからぬでしょう。

帰れば良いのに、帰ろうとしなかったのは、もう心に何かが棲みついていたのかもしれません。


そのまま雨の中を二人で歩きました。

お奈津の屋敷はそこから、十町（約一キロ）ほどのところでした。

城下町の外れのいかにも富農という屋敷に、お奈津はいざないます。

屋敷の玄関で、使用人らしき老爺と老婆が恭しく一礼します。

「親はいないのか」

「私の父も母も、明智様の乱で亡くなりました。屋敷には縁者の爺やと婆やしか」

あの大乱は大なり小なり城下の民を巻き込んだのです。

武家は城を捨てて逃げられても、土着の民は簡単には逃げられません。民が、家や田畑を捨て、どこで生きられると言うのでしょう。

この佐和山も無傷ではなかった。いつも武家の争いの割を食うのは民なのです。

台所の上がりかまちで待つと、老爺がたたまれた小袖を持って、おずおずと差し出します。

濡れた小袖を着替え、案内された奥の間で待つと、しばらくしてお奈津が煎茶を持って現れました。

「父の小袖でございます」

お奈津も薄桃色の鮮やかな小袖に着替えております。

白い指先で茶碗を差し出してきます。

「似合っておられます」

楚々と言う瞳が潤んでおります。

日没が近づいていました。

雨が小やみになると、また蟬が鳴き出しておりました。

「太田様は父に似ております」

む、と目を見開いてしまいました。

父と言われてかすかな失望を覚えたのは、いったいなにを期待していたのでしょうか。

「失礼を申しました。お許しください」

お奈津は正座をした膝の先に指をつき、面をさげます。

頭を垂れると、薄手の小袖の襟がくつろげ、その胸元が覗きます。

不覚ながら、目が釘付けになりました。

覗いた胸元の鮮やかな白さに、ぞくり、としていました。

「いや、そうか」

心の騒《ざわ》めきを抑える様にいいますが、うわの空でした。

お奈津は続けます。お奈津の両親は領主の丹羽様を慕っていた。父母の遺志をついで、丹羽様、奥方様のために尽くしたい、と。

「あの、お話ししてよいでしょうか」

思い詰めた面をあげたのに慌てて、うむ、と頷いていました。

「お殿様のことでございます」

心の動きをみせぬよう、頷くばかりでした。

「御方様から、伽《とぎ》を命ぜられました」

瞼を伏せて言う、その白い顔を凝視しておりました。

「御方様の代わりに、殿をお慰めするようにと」

丹羽様を病弱な自分の代わりに慰めてほしい、ということなのでしょう。

「臥所《ふしど》に入りました」

目を伏せて話すお奈津の白い顔をじっと見つめておりました。

この娘はなにを言おうとしているのか。

私に丹羽様の閨のことを話してどうなるというのか。

いや、そんなこと、言うべきことではなかろう。

少し間をおいて、お奈津は思い切ったように口を開きます。

「お殿様は抱いてくださりませせぬ」

まばたきもせず、お奈津を見ておりました。

その言葉をなんと解釈するのか。

さすが丹羽様、と納得したのか。なぜに丹羽様、と解せなかったのか。

頭が混沌として、明らかになりません。

ただ、ぼおっと、そうか、丹羽様はこの女を抱かなかった、という事のみが、頭の中をめぐっておりました。

「太田様、私はお殿様のお気に召さないのでしょうか」

お奈津がにじり寄ってきました。

私の膝に両手をおき、面を上げ見つめてきます。

「私はなにをすればいいのでしょう。御方様とお殿様のために、お役に立ちたいのです」

瞳が、唇が、豊かに潤んでおりました。

(丹羽様はなぜこの女を抱かぬ)

陶然と、そんなことを考えておりました。

あれだけ人の世は儚いのに、目の前の「おんな」という生きものはこんなに眩く、艶めかしい。

この瑞々しい生を、生きている間にこそ、貪らねばならないではないか。

その時、なにかが私の頭の中で爆《は》ぜたのです。

思わず、お奈津の手を握り、それを強く引き寄せておりました。

ああ、私はなにをしようとしているのか。

欲に任せ、娘のような年頃の女子を犯すなど。

一瞬の罪科の想いはすぐに吹き飛んでおりました。

無理やり、お奈津を畳の上に押し倒し、毟り取るように小袖をはいでおりました。

あの本能寺から、己の中にくすぶっていたものが一気に燃え盛るかのような気分でした。

それは遠い昔、いくさ場で感じたものに似ておりました。

渾身の力で弓をひき、相手を睨みつけ、その命を奪うため矢を放つ。

敵は血塗れの面で刀槍を振りかざし、こちらを目指し、歩を進めてきます。

命と命のぶつかり合い、いくさです。

ただひたすらに己の命をぶつけ、敵を討つ。

その時の私は、目の前の若い女体をただ抱くことしか、頭にありませんでした。

瞬時の抗いの後、お奈津は、進んで私の愛撫に応えておりました。

その証にその秘所は豊かに潤んで私を迎え入れたのです。

「太田様」

嵐のような交合が終わっても、お奈津はほどよく肉のついた二の腕を私の首に絡め、離れようとしませんでした。

「これからどうなるのでしょう」

お奈津のような女子でも案ずることは同じなのでしょうか。

いや、民であるからこそ、不安は大きいのでしょう。

「お殿様はどうされるのでしょう」

(また、その問いか)

答えもせず、自問します。

丹羽様は、どうするのか。

そんなこと、私にもわからない――わかるわけがない。

「やはり、お殿様は羽柴様を担ぐのでしょうか」

ああ、こんな娘ですらそう思うのか。

まるで他人事のように思っていました。

天下の万民は見ているのです。

信長様という主人を失った織田家で、丹羽長秀は羽柴秀吉の軍門に降り、その天下取りの片棒を担ぐのだ、と。

そして、後世の者はこういうのです。

丹羽長秀は信長なしでは、無能。

秀吉に迎合した、小心者。

織田家を売った、卑怯者。

少なくとも、今の丹羽様はそうとしか見えません。

「太田様？」

お奈津は汗ばんだ私の胸に頬を寄せて呟きます。

「ああ、そうだ」

久々に精を放ったせいなのでしょうか。

気だるい想いで、そんなことを口走っていました。

「お奈津のいうとおりだ」

どうせ、全ては無となる。

ひどく投げやりな気分でした。

湖北合戦

清洲評定で、織田家の家督相続は決まり、遺領の再配分も終わりましたが、混乱は続いておりました。

十月に京の大徳寺《だいとくじ》で催された信長様のご葬儀に、柴田様をはじめとした北陸の諸将、織田信孝様、滝川一益様は参列しませんでした。どころか、お世継ぎの三法師君、後見役の信雄様すら来ておりません。そもそも評定後、安土へ移るはずの三法師君は、岐阜城の信孝様が手元に置いて離さず、動きようもなかったのです。

この葬儀の喪主は信長様の四男於次《おつぎ》様、すなわち、秀吉の養子となっている羽柴秀勝様でした。

丹羽様も私も、丹羽家臣の主な者はこれに参列しました。いや、せねばなりませんでした。

葬列には、なんと三千人もが並びました。これは傍から見れば盛大に見えます。ただ、内実は、畿内の秀吉派の城主、その家臣、都の公家、僧などの寄せ集めでした。

秀吉は自ら位牌を持ち、家臣団の代表のような顔をしておりました。

これでは、あの柴田様がだまっているはずがない。間違いなく合戦になる。

参列した者たちは口々に囁いておりました。

皆がそれぞれの思惑で動いている。

信長様の頃の見事な統制など、今の織田家にはかけらもありませんでした。

「権六殿も、筑前も、いくさをすることしか考えておらん」

大溝城主殿の庭園を、丹羽長秀様はゆっくりと歩いておられました。

すでに大乱の天正十年は終わり、新年がきております。

天正十一年（一五八三）の正月は寒さ厳しく、その日は今にも雪が舞い落ちそうな曇天でございました。

私は端然としたその背中を追って歩を進めながら、冬空を見上げました。

大溝に本拠を移した丹羽家での私の役は、やはり右筆でした。ただし、右筆など丹羽家の若衆が何人もおります。私のもう一つの主なお役目は、丹羽様の御伽衆でございました。

その日も私は丹羽様のお召しを受け、相伴しておりました。

空には身を切る様な寒風が吹きすさんでおります。

おそらく北陸は雪でしょう。柴田様は歯嚙みしながら、この空を睨みつけているのでしょうか。

柴田様のご領地越前が豪雪に見舞われる十二月、羽柴秀吉は動きました。

突如、大軍を擁し、柴田様に引き渡したばかりの近江長浜城を奪い返し、そのまま美濃に進み、岐阜城にて三法師君を擁して離さぬ織田信孝様を囲んだのです。

お味方の少ない信孝様が、単独で秀吉に対抗などできません。

岐阜城は十二月二十日には降伏開城して、ついに三法師君は秀吉の手に落ちたのです。

これが清洲評定での取り決めとはいえ、俄然、秀吉陣営は活気づきました。

なにせ帝がおわす都も、織田家当主の三法師君も、秀吉が押さえたのです。

いかに、柴田様が怒ろうとも所詮は地方で吠えている山犬のようなもの。もはや柴田様がこの形勢を覆すには、兵を挙げ、その武力で秀吉を攻め滅ぼすしか道はなくなったのです。

「柴田様は追い込まれました。筑前殿と柴田様は、戦うしかありません」

丹羽様の背に語りかけます。いくさに疎い私とて、わかるほどの情勢でした。

信長様の寵臣だった二人が、信長様亡き後に並び立つなどできるわけがない。どちらかが滅びねば、この争いは終わらないのです。

「そうかな」

丹羽様は認めるような、否定するような、そんなどちらともとれる口振りで頷き、悠々と庭園を散策します。

それでは、丹羽様は、いかがするのか。

世間の者たち、丹羽家の者どもも、顔を合わせれば侃々諤々《かんかんがくがく》、論を交わしておりました。

柴田勝家と羽柴秀吉の決戦の中で、織田家の中心であった丹羽長秀はどちらにつくのか。

篤実をもって知られた丹羽様が、柴田様を、あるいは秀吉を討つことができるのか。

今回は、謀叛人明智を討つのとはわけが違います。柴田様も秀吉も、丹羽様と同じ信長様の家来、長く古い付き合いの同僚ではありませんか。

「聞きたそうだな。わしは、どうするのか、と」

丹羽様は、そんな私を振り返って微笑みます。

「聞きたくない、といえば嘘になりますが」

知りたい。だが、安易に尋ねられない。

丹羽様のお心うちを思えばその考えは重すぎるのです。

織田一の者だからこそ、その双肩にかかる重みを受け止め、かつ多くの丹羽家臣を束ね、進まねばならない。そのご心中は、下々の者が想像しうることではない。

「まだ言えぬのでしょう」

そんな風に言い返しました。

あの日、混迷する大坂城で、丹羽様は言われました。「任せよ」と。

私の知る丹羽様は人をだましたり、謀《たばか》ったりする人ではない。それを信じるしかありません。

丹羽様はフッと軽く笑いました。

「太田らしい、一途《いちず》よ」

「丹羽様に言われるとは」

ははっと、空に向けて笑った丹羽様の吐息は白く煙りました。

そうして、私の方へ向きなおって居ずまいを正します。

「太田、そのとおりだ。すまんが、まだ言えん」

「そ、そのようなことを」

慌てて諸手《もろて》を振ります。

そんな風に正直に謝られては、何も言えなくなります。

「ですが、丹羽様」

それでも言いたいことが一つ。これだけは言わねばなりません。

「このままでは、丹羽長秀様は、織田信長公なしでは生きられぬ腑抜け、と謗られます。拙者、それだけは耐えられませぬぞ」

丹羽様はまた小さく笑い、頷きます。

そして面を上げ寒天を睨みつけました。

「上様は偉大であった」

頷くばかりです。反論の余地もありません。

「上様が、皆を変えた。そして、上様がいなくなり、皆また変わった」

琵琶湖を振り返ります。

「太田もな」

「拙者は、なにも」

思わず顔をしかめておりました。

(私は、なにも)

だが、すぐ思い淀みます。

果たして変わっていないなどと、言い切れるのでしょうか。

ふふっと丹羽様は笑いをもらします。

曇天を映す湖面は黒く淀んでおります。冬の琵琶湖は重く冷たく佇んでおります。

「権六殿も、筑前も、いや、信孝様とてあのようなお方ではなかった。上様が身罷るや一斉に殺し合いをしようとしている。人は脆いな」

丹羽様は少し辛そうに眉をひそめて、湖の対岸を見つめます。

そこにはつい先日まで居城としていた佐和山が雪化粧をしております。

まっすぐに歩ければさほどの隔たりもないのに、琵琶湖に遮られずいぶん遠くに感じられます。

東山道上の要衝である佐和山と琵琶湖西岸の大溝とでは、城下の風情も違います。大溝では、ずいぶん田舎に追いやられたような、そんな気にもなるのです。

「それは、わしとてよ」

丹羽様は、自戒するように目を伏せます。

「だからこそ、今しばらく、任せてくれんか」

私は視線を落としておりました。ここまで言われると、なにも言いようがありません。

「仕方ありませんな」

深く面を伏せました。

「丹羽様に任せると、決めましたゆえ」

わが身をゆだねる人など他におりません。

私は秀吉とは合わない。あの男のように堂々と己の欲望へと驀進《ばくしん》することはできない。

まして柴田様のような武勇一点張りのお方にも。人としての性分なのです。

「かたじけない」

丹羽様は穏やかに見返して、柔らかく面を崩しました。そして、私に向けて深々と頭を下げるのです。

あっと、眼を上げます。慌てておりました。首を左右に激しく振り、一歩踏み出しました。

「お、おやめくださいませ」

「ついでに、もう一つ」

私の前で、丹羽様は面を引き締めました。

「太田、己が見たことを記せ、書くのだ」

はっと、息を呑んでおりました。

思わず目をそらしました。

丹羽様は気づいておられたのか。

私が、しばらく日記すら書いていないことを。

(そ、そうとはいえ)

それでも書けと言うのか。

この一寸先をも読めぬ、混迷。書いても明日変わるかも知れぬ日々を。

書いて果たして意味があるのでしょうか。

「あの不世出の英雄と共に生きた我々しか見ていないことを、織田信長公のお姿を、そのすべてを余すところなく書くのだ。それは、太田、おぬしにしかできぬことぞ」

痛い。

丹羽様のその目は、私にとって痛いほど炯々《けいけい》と輝いておられました。


天正十一年三月、北陸の雪をかき分け、柴田様が出陣支度を始めたと報じられると、戦局は動き出します。

秀吉はまるで待っていたかのように、越前から近江への一本道である北国《ほっこく》街道を木之本《きのもと》の先で防塁と木柵を築いて遮断。琵琶湖の北、余呉《よご》湖と街道を見下ろす賤ヶ岳を主にした山野に堅固な陣を築きました。

これは、柴田様の出陣を前に、その行く手を阻む秀吉の先手と言ってよいでしょう。

ここを通らねば柴田様は近江に入れないのです。

築かれた陣は各峰の高台によって、もはや城砦《じょうさい》に等しい堅固さであります。

賤ヶ岳の峰々を占めるのは、最も北の岩崎山《いわさきやま》に高山右近様、その後ろの大岩山《おおいわやま》に中川清秀様、本丸に当たる賤ヶ岳砦に桑山重晴《くわやましげはる》様、峰を降りた北国街道の木之本に秀吉が本陣を置きます。その脇の田上山《たなかみやま》に秀吉の弟羽柴秀長《ひでなが》様、その前衛の佐弥山《さねやま》に堀秀政様。

秀吉は、山崎合戦でともに明智を討った部将たちをここに配し、万全の態勢を敷いたのでございます。

その兵数実に五万とも、七万とも。

それは、それは壮大な陣。琵琶湖の北に新たに難攻不落の巨城が築かれたような、そんな様でございました。

対する柴田様は、この堅陣に対して、北国街道柳ヶ瀬《やながせ》の後方、内中尾山《うちなかおやま》に本陣を置きました。

その前衛として、行市山《ぎょういちやま》に甥の佐久間盛政様、養子の柴田勝政《かつまさ》様、別所山《べっしょやま》に前田利家様、中谷山《なかたにやま》に金森長近《かなもりながちか》様、林谷山《はやしたにやま》に不破直光様。

兵数は北陸の与力を従えた約二万。こちらも街道の要所、それを見下ろす山麓を兵で埋め、見事な陣構え。

さすがは、いくさ巧者の柴田様。兵数で劣るとはいえ、秀吉の陣にまったく引けを取りません。

今、湖北の地に、信長様が愛でた二人の大将が、堂々と相対することとなったのです。

「お殿様は、また羽柴様へつかれるのでしょうか」

仰向けの私の胸の上で、荒い息を整えながら、お奈津はつぶやきました。

つい先ほどまでこの若く瑞々しい獣は、私の上で嬌声をあげ続け、その柔らかい尻を私の腿にうちつけておりました。

「どちらについても、丹羽長秀様らしくないと謗られてしまいます」

そう言いながら、私の顎先に額をつけ、鎖骨の辺りに舌を這わせるのです。

お奈津は大溝城に移ってからも、しばしば私の屋敷に忍んできました。

そのたび、私はお奈津を抱きました。

奥方様付きの侍女となにをしているのか。最初はそんな風に己を苛んだりもしました。

だが、そんな背徳こそ、男女のまぐわいに極上の愉悦をくわえるということを、私は知ってしまったのです。

知ってしまうと、もう堪《こら》えることができません。

昼間、城中でお奈津を見かけたりすれば抑えきれない程に心が疼きます。そして、その晩忍んできたお奈津を押し倒し、犯すように抱きました。

抱くたび、お奈津は大胆になり、あられもない痴態で私を惑わします。

私の胸の下で喘ぎ、嗚咽するお奈津の顔は、時に亡くした妻であり、若き頃夜這いした里の娘であり、都で抱いた遊び女でありました。

ある時は、お峰様の顔すら重なったりもしました。

そのたびに、私の心は揺れ、その恐ろしい妄想に慄きます。

慄きながらも私の男ははげしく猛るのです。その昂まりに耐え切れず、私はお奈津を裏返し、後ろから犯すのです。そうせずにはいられませんでした。

「そう思うか」

果てたばかりのけだるさを振り払うように、問い返します。

お奈津のような奥女中までがそう思うのでしょうか。

「はい」

お奈津が小さく笑うのを胸で感じました。

「だって、羽柴様も柴田様もお殿様とご懇意であったお方でしょう。このお二人がいくさをするのです。信望の厚いお殿様なら、どちらか一方の肩を持つなど、できないはずですわ」

私が首を起こすと、見上げたお奈津の目は妖しく輝きます。

「奥の者共はどう思っている」

「羽柴筑前の方が安泰だ、と」

それはそうでしょう。都と三法師様を押さえている秀吉の方が天下の軍勢に見える。民はそんなものです。

そんな中で、丹羽様は、新領の整備に励んでおりました。一人超然と領国に留まり、旗幟を鮮明にしませんでした。

「羽柴様、柴田様、どちらからもお誘いは来ているのでしょう？」

お奈津の吐息を首筋に感じながら、無言でうなずきました。

大溝城には、羽柴陣、柴田陣、双方からたびたび使いが参ります。

そうでございましょう。湖北の地の対陣は続いております。琵琶湖西岸の大溝城はこの戦場のすぐ近くなのです。

しかも近江高島郡はそのまま湖岸に沿って南下すれば、大津を経て都に至る。北上すれば、睨み合いの続く、余呉湖、賤ヶ岳にあたります。

この戦乱の要、といえる場所に、丹羽様はいるわけです。

今、この時に、織田家臣団の巨頭であった丹羽様が、城を出てお味方するなら、形勢は大きく傾くに違いありません。

特に柴田様の言い分は執拗でした。

「ぜひ、こちらにつけ。さすれば、秀吉の持ち領を、柴田、丹羽、滝川の三人で持ち合い、三法師君の守役とする」

そんな言い分です。凄まじい褒美でした。

そして、その言い分はある意味、旧織田体制の維持、とも言えるのです。

かつて、織田四天王と呼ばれていた者たち、明智を除いた、柴田、丹羽、滝川にて織田家を支えていくという意志、にも見えました。

ですが、我ら丹羽家臣、いえ、天下の衆目は、知っておりました。

柴田様が、そんな殊勝な心掛けで申し出ているのではないことを。

柴田様は、もう合戦に勝つしかないのです。

兵数で劣り、地の利もない、さらには、三法師様すら押さえられている。

実際、秀吉の誘いに乗って、越後の上杉景勝《かげかつ》は北から侵攻する気配をみせていました。

柴田様の少ないお味方の佐々成政様すら富山城に釘付けとなり、湖北の戦場に参陣できずにいたのです。

一時でも、虚言でも、とにかく味方を増やし、勝利を引き寄せるしかない。

そんな柴田様と比べると、秀吉の使者はとても鷹揚な態度でした。

「こたびのいくさは、織田家の筋目をたがえる柴田様をたしなめるもの。とはいえ、丹羽様におかれては、長年のお付き合いもあり、柴田様と槍を交えるなどできぬでしょう。この筑前めも柴田様と相まみえるなど本意ではない。この場は無理に動くことなく、ただ中立の態度をとってくれるだけで結構。いくさの件は、すべて、筑前にお任せあれ」

これは強がりなのでしょうか。

それとも、自力で柴田様を討てる、と確信しているのでしょうか。

はたまた、ここで柴田様を討つのに、丹羽様の力など借りようものなら、その後の勢力図で丹羽様の力が大きくなりすぎてしまう。第二の柴田様を生まぬように先手を打っているのでしょうか。

我ら家臣一同、怪訝そうに顔を見合わせる中で、またも丹羽様は平然と言うのです。

「あいわかった」

異を挟む間もありません。

「それでは、しばし合戦の行方、見させていただく」

これは、秀吉につく、ということなのか。

家臣の上から下まで首をひねる前で、丹羽様は穏やかな顔で二度三度と頷くのです。

「柴田様はだめです」

そういってお奈津は身をよじらせ、唇で私の耳たぶを軽く嚙むのです。

萎えていた私の男がむくりと、もたげてきます。

そういうとお奈津は私にまたがり、生固く屹立《きつりつ》した私の男の上に深く腰をおとすのです。

「勝つつもりなのです。動かないだけでいい。そして、乗りたいなら、乗れ、と」

まだ固まりきらない私の男に、お奈津の指が巧みに絡んでいます。

じっとりと、腋に汗がにじんでまいります。

なんと、恐ろしい男でしょうか。

秀吉は信長様の養女のお峰様の御心も獲ろうとしています。

「御方様には、安心して秀吉めにお任せくだされ、って、貢物をたくさん」

秀吉からの使いはお見舞いと称してお峰様のところにも来ているのです。

あっと、目を見張りました。

「羽柴様からの使いは、御方様のところにも来ているのです」

そう言いながら、お奈津は滑らかなその指で私の男をまさぐり、柔らかく摩《さす》ります。

「柴田様は、お殿様がついてくれないと勝てない。羽柴様はつかなくても勝てる」

陶然としながら、お奈津が囁いたその言葉に問い返します。

「なにをもってそう言う」

「羽柴様のほうが強かだわ」

登れ、賤ヶ岳

丹羽様は動きませんでした。

新領地の近江滋賀郡、高島郡を慰撫すると共に、ひたすらに舟をあつめておられました。元より、滋賀郡、高島郡は琵琶湖の西と南の水運を司る拠点でございます。琵琶湖をしきる湖族の元締め堅田《かたた》衆の本拠も領地内にあります。

長年湖畔の佐和山城主であり、安土普請で奉行を務められた丹羽様は湖族にも顔が利きます。

舟も水手《かこ》も触れに従い、ぞくぞくと集まってきました。

業を煮やした柴田様の兵が、湖北の国境を荒らしても、丹羽様は「手出し無用、守りに徹せよ」と厳命されました。

そして、四月に入った頃、陣触れをすると、こんなことを言いだしました。

「陸は進まぬ、みな舟に乗れ」と。

たちまち大船団が結成され、丹羽勢七千は湖北の水上に乗り出すことになったのです。

船上から眺めると、湖北の峰々はまるで鉄の城壁のようでございました。

尾根という尾根の頂上には夥《おびただ》しい戦旗が乱立しております。賤ヶ岳はまるで湖岸にそびえたつ鉄の城壁でした。

そしてこの難攻不落の峰々の向こうには余呉湖が広がり、深く広い堀の役目を成します。

その対岸には柴田様が布陣しておられるのです。

賤ヶ岳が破られれば、その麓を走る北国街道はむろん、湖北の地から琵琶湖の水を使って軍船を送ることもできます。

「しかし、このように絶妙なところに鉄壁の陣をもうけた秀吉も秀吉なら、今、その裏手に舟を浮かべている殿も殿よ」

初夏の到来とともに青々と色を濃くし始めた湖岸の樹林を見渡して、江口正吉殿が、ささやいてきます。

「そうではないか、太田殿」

その口元に笑みが浮かんでおりました。

陸をゆけばどちらかに取りこまれることになるかもしれません。しかし、湖上なら――

賤ヶ岳全山とその近隣を城と見立てるなら、この湖上は搦め手口にあたる位置。

すなわち、七千もの軍勢が誰にも邪魔されず、忽然と城の裏手に現れたのです。

ということは、羽柴勢からすれば、頼もしい後詰の出現、柴田勢からすれば、賤ヶ岳を後ろから衝く新手の味方の出現、ともとれます。

「真に、我々が思うよりも殿は強かかもしれませぬな」

私もなるほど、と頷きました。

江口殿は、ニヤと笑い、

「太田殿、いくさになれば、殿ほど強か者はおりませんぞ」

小声で言います。

「なにせ織田信長公の傍らで軍を束ねて来たお方。天下分け目のこのいくさ、殿の采配が楽しみよ」

武者震いか、肩を震わせます。

その通り。今、この湖北の地は、丹羽長秀様が初めて思うがまま采配を振れる大舞台ではないですか。家臣たちが奮い立つのも無理はありません。

丹羽様が、柴田か、羽柴か、その采配をどちらに振るかによって、この戦局は大きく動く、そんな場所に丹羽勢は身を置いたのです。

「殿、今なら、秀吉の陣を崩せますぞ」

坂井直政殿は頬を力ませながら、船首に立つ丹羽様の背に語りかけます。

丹羽様はそのお心内を表にださず、静かに賤ヶ岳を見ておりました。

家臣一同、熱い眼で見守る中、端然とした佇まいはかわらず、初夏の湖岸の緑を愛でるような面持ちで頷きます。

「いつでも動けるように」

その言葉だけを皆にかけて、丹羽様が動くことはありませんでした。

琵琶湖最北端の湊《みなと》、塩津《しおつ》に本陣を置き、連日、船団を率いて、琵琶湖へと出ました。

いや、後で考えれば、丹羽長秀が七千もの軍勢でこの湖上に浮かんでいる。

それだけでも充分、柴田、羽柴には脅威だったのです。

実際、この様を見た湖岸の民は、「このいくさの行方を担うのは丹羽長秀」とささやき合っていたそうです。


永遠に続くかと思われたにらみ合いはついに崩れました。

秀吉が再挙兵した岐阜の織田信孝様を攻めに木之本の本陣をあけた、との報を得ると、柴田勢も動くこととなるのです。

四月二十日の早暁、賤ヶ岳の峰々に鉄砲音がこだましました。

「余呉湖東岸の峰でいくさが始まっております」

陸へと放っていた物見が駆け戻ってきて報じます。

柴田勢の右翼を担っていた、佐久間玄蕃允盛政殿は夜明け前の深い闇に紛れ、余呉湖の西岸から南へと迂回、湖を挟んで反対側にあった大岩山、中川瀬兵衛殿の砦を奇襲したのでございます。

余呉湖岸の秀吉陣営は東岸の最前線に高山右近様の岩崎山砦があり、大岩山はその後ろ。中川様の油断をついたのです。

すなわち、この日の佐久間玄蕃殿の戦術は、隠密に敵中深くに忍び入り、その柔らかい中腹を衝く、「中入り」の奇襲だったのでございます。

不意を衝かれた中川様は、それでも激しく戦った、と言います。

しばらく激しい筒音はつづき、黒煙は天空に噴き上がりました。

だが、いくさ支度が整わず、周囲の砦、友軍とも連携できず、みるみるうちに兵は討取られていきます。

ほどなく、勝鬨の声が山々に響き渡り、佐久間勢は大岩山にその旗を翻したのでございます。

「中川瀬兵衛様、お討死、高山右近様は岩崎山を捨てて退き陣のご様子」

大岩山をとられては、背後から攻められてしまう。孤立する前に岩崎山の高山右近様は撤退したのです。

物見の兵は、わざわざ賤ヶ岳から駆け下りて、湖岸で小舟に乗り、丹羽様の舟まで寄せてきて報告します。

この報を我々が聞く今、すでに大岩山、岩崎山の砦には佐久間勢が充満しているのでしょう。

ついに鉄壁の賤ヶ岳の陣のうち、二つもの砦がほんの数刻でおとされたのです。

さすがに織田家中でも猛勇で知られた玄蕃殿。

中入りの策は見事功を奏し、賤ヶ岳尾根上の城砦で残るは、本丸ともいえる賤ヶ岳砦のみとなりました。

「殿、賤ヶ岳、落ちまするぞ」

物見の報告を聞いていた坂井殿がしかめ面で叫ぶと、丹羽様は少し眉根を寄せました。

「賤ヶ岳砦の将は桑山だな」

「は？」

その言葉に、傍らの坂井殿、江口殿は、眉を上げました。

桑山重晴殿は、元は丹羽様の与力の将でございました。

天正二年（一五七四）、浅井長政を滅ぼし長浜城を拝領し、筑前守に任官した秀吉が特に乞うて与力として貰い受けたのです。

「敏い奴だからな」

丹羽様はもう一度、低く呟きました。

その意の通らぬ言葉に、江口殿、坂井殿は目を見合わせました。

「陸《おか》へあがる」

江口殿、坂井殿、まわりの小姓、近習、あっと息を呑みました。

「ご加勢ですか、総攻めですか」

そんな聞き方になります。

今、秀吉に加担するなら賤ヶ岳への援軍、柴田様に加わるなら賤ヶ岳、そして麓の羽柴陣を崩す役目です。どちらでも出来るのです。

確かにこれまでの情勢、兵の多寡でいえば、羽柴秀吉が有利でした。

だが、今その堅陣の一角は崩れ、賤ヶ岳は壊滅しようとしています。

丹羽勢七千がつけば、柴田勢は一気に優位に立てるのです。

「旗本だけで賤ヶ岳砦にはいる。あとは残す」

丹羽様は歯切れよく言い切りました。

一同、口をあんぐり開けます。

「二千でいい、他は湖上で待て」

なにをいうのか。錯乱したのか。

そんな顔でお互い見つめ合うばかりです。

「殿、お考えがわからぬ。秀吉につくにしても総勢でこそ」

「それはならぬ」

皆、目を瞬いて見返します。

待ちに待った下知がそれとは。

誰もがその意を量りかねておりました。

「今、佐久間玄蕃が動いた。中川は討たれ、高山は逃げた。そして、桑山が危地にある。我は桑山を援ける。それ以外なにがある」

「し、しかし」

誰かが返そうとする声を、

「筑前も、柴田もない。皆、織田の者だ」

丹羽様は遮るように叫びます。

それでも坂井殿は引き下がりません。

「中途半端な加勢は喜ばれませぬぞ」

「阿呆、丹羽長秀が来たとなれば、一人だろうと、万人いようと同じだ」

坂井殿は、う、と顔をしかめます。

そうなのかもしれません。旗本だけだろうと、丹羽家の旗が動くだけでも戦局は大きく動くのかもしれません。

「しかし、殿、敵はあの鬼玄蕃。その程度の寡兵では、御身が危ない」

佐久間玄蕃の猛獣のごとき形相が目に焼き付いているのか、坂井殿はすがるように食い下がります。

「坂井、年寄りは臆病だ」

ぐい、と口元をゆがめる坂井殿の横で、江口殿が身を乗り出します。

「殿、ここはいっそ退いて、羽柴と柴田を嚙み合わすのは」

「江口」

丹羽様はきっと睨みつけます。

「若いのに口数が多いぞ」

坂井殿も江口殿も、苦虫をかみつぶしたような面を伏せました。

二人が納得していないのを感じとったのか、丹羽様は跪いている家臣たちを振り返り、叫びます。

「鍋丸」

従軍している嫡男鍋丸様が、勢いよく進み出て跪きます。

「父のいくさ、みてみるか」

皆、瞠目して振り仰ぎます。

異例のことでした。

鍋丸様はまだ元服前。侍の初陣は元服してからが常道。それを破り、前髪を残した若君をいくさに連れ出すというのです。

「は、はい！」

鍋丸様は目を丸くして平伏します。この突然のことにも、否、と言わない、気丈な若様です。

「佐太郎、二千でどうだ」

末座に控えていた若武者に声をかけます。

「充分なこと！」

上田佐太郎は、槍を手に立ち上がり、精気をほとばしらせました。

この若者は津田信澄様を誤って討ったことを悔やみ、挽回したいと気張っておりました。

「次郎右衛門《じろうえもん》、金右衛門《きんえもん》、与兵衛、鬼玄蕃討てるか」

「腕が鳴りますわ」

村上次郎右衛門頼勝殿、溝口金右衛門秀勝殿、大谷与兵衛元秀殿、武骨者の侍大将が満面に笑みを浮かべます。

「与右衛門《よえもん》、三郎右衛門《さぶろうえもん》」

最後に、坂井与右衛門直政、江口三郎右衛門正吉、二人の筆頭家老に目を戻した丹羽様の目尻にも笑みが浮かんでおりました。

「行ってくれるな」

「はいい！」

二人とも大いに力んで声を張り上げました。

そして、丹羽勢のうち二千は舟を湖岸に寄せ、賤ヶ岳へ向かったのでございます。

私も、宿老の皆と共に、丹羽様に続きます。

しかし、陸へ上がると、その形勢の悪いこと、悪いこと。

賤ヶ岳砦の桑山勢はおよそ千。すでに兵をひき、山の斜面を転がるように下りつつあります。羽柴勢の本陣のある木之本へと逃げ込むつもりなのでしょう。

陽はすでに賤ヶ岳の向こうに落ちておりました。日没とともに、桑山殿は逃げたのです。

丹羽様は兵を叱咤して、湖岸につく軍勢を整えつつ、使い番を呼びます。

「桑山を呼んでこい」

「は？」

「丹羽五郎左衛門がきたから来いと言えばわかる。いくのだ」

「は」

有無を言わさぬ口調に、使い番は面を強張らせて駆け去ります。

呆れたものです。賤ヶ岳砦はすでに放棄されたのです。

丹羽様の手勢は二千。対して物見の報では佐久間盛政勢は八千はいるとのこと。

桑山殿とて、大岩山、岩崎山の陥落で劣勢明らかとみて逃げたのでしょう。

しかし、桑山勢は撤退を止めました。

あれだけ一散に逃げていた足をぴたりと停め、丹羽勢の前で固まるかのように動かなくなりました。

それだけではありません。桑山殿は、自軍を抜け出し、自ら、丹羽様の元に駆けつけて参りました。

桑山重晴殿、齢六十、織田家では老巧の武将として、その沈毅な人柄を評されていたお方でございます。

織田家中でも最長老と言っていい老将は汗顔を輝かせながら、丹羽様の前に跪きました。

「桑山、久しい」

「丹羽様とこうしていくさ場でお会いできようとは」

「桑山も敵に尻みせるとは。老いには勝てぬか」

丹羽様が頬に笑みを浮かべると、桑山殿はくわっと大きく口を開け、

「いえいえ、羽柴筑前のために死ぬのは、死に様としては、ちと悔しゅうござってな。だが、もう逃げませぬ」

気さくに言い返します。

「さすが、桑山よ」

「丹羽様と戦場に臨めるなら、この老い花も晴れやかに咲きましょう」

「小谷《おだに》の城攻め以来だな」

「浅井勢に比べれば、玄蕃など童《わっぱ》のようなもの」

ニカリと笑い合うお二人は長き縁《えにし》の主従のように見えたものです。

「さて、皆おるな」

丹羽様は桑山殿を加えた群臣を見回しました。

「太田すらもおる」

あっ、と私は似合わぬ具足姿の己を見改めます。

そうではないですか、私太田牛一、桑山重晴殿ら元の与力衆、そして丹羽の家臣たち、皆揃いました。

そうと思えば、妙に若やいだ気分になります。

「あの日も、我が勢は二千ほどであった」

「あの日、とは」

誰かが受けて、問い返します。

もう皆は期待しているのです。丹羽様の言わんとする、その日、とは。

「桶狭間、よ」

おお、と声が上がります。

「叫べや」

丹羽様が胸を張って山頂を見上げれば、皆、明るい瞳を夕暮れの空へと向けます。

応、応!

天を衝くような喊声が賤ヶ岳の峰々にこだまします。

「一気に登れ」

丹羽様の鋭い声と共に、皆、一斉に駆けだしておりました。

私もです。叫びながら、山道を駆け上ります。

無心でした。

天下も、織田の跡目も、関係ない。

ただ、ただ賤ヶ岳の頂《いただき》へと、駆け登ったのです。

桑山勢が去った賤ヶ岳砦を押さえようとしていた佐久間勢は寡兵でございました。

不意に戻った桑山勢と、丹羽勢の意気軒高たる様に慄き、算を乱して大岩山へと逃げ散ります。賤ヶ岳砦はあっという間に奪い返されました。

「旗を高く掲げよ」

ただちに、城柵という城柵を固め、丹羽直違紋の旗が高らかに賤ヶ岳にあがりました。

「鬨を」

丹羽様が高らかに言い放つと、「えい、えい、応」の掛け声が山塊に響き渡ります。

一方で佐久間勢はというと、これまた不思議でした。

あれほど勇んで奇襲を敢行し、中川瀬兵衛様という猛将を討ち取りながら、大岩山砦にとどまり動きを止めておりました。

まるで、丹羽家の×印の旗を恐れるかのような有り様です。

いや、それは織田家臣なら無理もないことでしょうか。

信長様の行くところに、丹羽五郎左衛門あり。

桶狭間でも、美濃攻めでも、初の上洛も、姉川も、叡山《えいざん》焼き討ちも、設楽原も、甲斐攻めも。

いつもその×印の旗は織田木瓜《もっこう》の旗とともにあった。

それはつい先日のことであり、その景色は織田家臣皆の心に焼き付いている。

とくに佐久間玄蕃は信長様がその武勇を愛でた男。信長様に弓を引くような真似ができるはずもない。

いや、たとえ、玄蕃でなく他の織田武将の誰だろうと、おいそれとこの旗を攻められぬ。

それは至極当然のことだったのかもしれません。

丹羽様は一人物見櫓に登って佐久間勢を睨みつけておりました。

その凛とした佇まいを、丹羽勢も桑山勢も肩を並べ、瞳を輝かせて見上げておりました。

空はすでに宵闇がその大半を支配し、峰続きで連なる大岩山も岩崎山も、そして余呉湖の向こうに陣取る柴田様の本陣も、篝火が明々《あかあか》と焚かれ出しております。

「太田殿よ」

桑山殿が横に並んできました。私と年の頃も近い桑山殿は、快活な笑みを浮かべております。その顔は少年のように若々しく見えました。

「この陣には、信長様がおるようではないか」

ああ、と、そのとき、私は気づいたのです。

この老将に秀吉幕下《ばっか》の一将という身は決して心地のよいものではないのか、と。

ましで、織田の宿将として生きてきた己が、今、この跡目争いの中で、憎くもない柴田様を討ち、好いてもいない秀吉を担ごうとしている。

その心の拠り所を今ようやく丹羽様に求めることができる。

桑山殿の人生の年輪を刻みこんだ皺深い顔が、憑きものが落ちたように輝いているのを見て、なるほどと納得していました。

(ところで、丹羽様、あなたは)

なにをお考えなのか――

今、あの余呉の湖の向こうには柴田勝家様がおられます。

柴田様は今、宵闇の中、こちらを睨みつけているのでしょう。この賤ヶ岳砦の灯りを。

ここにいる、ということは、丹羽様は、秀吉の片棒を担いで、柴田様を討つのでしょうか。

そして、この桑山殿始め、苦渋の道に悩む者の重荷をその背に負おうというのでしょうか。

(重すぎる)

毅然と前方を見つめる丹羽様のお心を想うと、合戦の勝敗などどうでもよくなります。

櫓の階上へと掛かる梯子を音も立てず、登りました。

丹羽様は小姓すら遠ざけ、一人佇んでおられました。

もし、その心の重荷を少しでも軽くできるのなら。

何かを語ることで、その鬱屈を吐き出すことができるのなら。

そんな想いで丹羽様の背に語りかけようとした、その時でございます。

「なぜ、退かぬ」

こんな呟きが聞こえて参ります。

「もういい。玄蕃。早う、退け」

退くところを追い討つつもりなのでしょうか。

いや、そんな声音ではありませんでした。

そもそも、そんなことをするなら、湖上の全軍を賤ヶ岳に登らせているはず。

今の小勢では、この砦を守ることで精一杯。討ってでることなどできません。

そうです。丹羽様は最少の兵で賤ヶ岳砦を保つことに留めている。

そして言葉通りなら、佐久間玄蕃を逃がそうとしているのです。

「玄蕃、お前の武はとくと見た。お前は充分すぎる織田の将だ。もういい、退かぬか」

丹羽様は口元をゆがめ、眉根を寄せて念じるように呟きます。

これは、なにを意味するのか。

丹羽様は戦局を元の睨み合い、五分の態勢に戻そうとしているのか。

秀吉の離脱、玄蕃殿の中入りで乱れたこの均衡を元にもどす。それが、丹羽様が命を張って賤ヶ岳に登ってきた理由《わけ》なのか。

私には、そんな風にしか見えなかったのでございます。


丹羽様が漏らした呟きはむなしく潰《つい》えました。

戌の刻（午後七時）にも入ろうかという頃、眼下の木之本の陣地へ、一騎、二騎と松明の灯りを手にした早馬が、南から駆け込むのがみえました。

最初は流星の如くまばらだった灯りは、徐々に増えて大きく、北国街道を陸続と連ねて流れ続けます。

「羽柴勢が大垣より着陣」

物見が駆け込んできます。

瞬く間に麓の盆地が、真昼のごとく明るくなっていきました。

羽柴秀吉の大軍は、そのまま続々と賤ヶ岳へと登り始めました。

その様は光の洪水が山裾を満たしていくようでした。

このとき、秀吉は大垣城から、およそ十三里（約五十二キロ）をわずか二刻半で駆け抜けて舞い戻ったのです。

「やあやあ、丹羽殿！」

賤ヶ岳砦に登ってきた秀吉は、まず丹羽様の前で深々と頭を下げました。

そして、ぐい、とあげた面は、篝火の灯りに赤々と照らされ、般若のようでございました。その細面の中で不釣り合いに大きな瞳と口が、さらに大きく、張り裂けんばかりに開かれております。

両の手で丹羽様の両手を包み込むように摑みます。山崎合戦のときから繰り返される光景でした。

「こたびの勝ち戦、貴殿のおかげ」

それは、それは大きな声で叫びあげます。

「丹羽殿とこの羽柴筑前が一枚岩となれば、柴田の狼藉など木っ端みじん」

もはや、能狂言の口上のごときでございます。

それはもう柴田様を討ち滅ぼしたような言いざま。

まだ、佐久間盛政の軍勢は大岩山で蠢いており、柴田様もそれを救わんと陣を動かしております。その兵の蠢動《しゅんどう》の灯りが、夜目にもはっきり見て取れるのに、です。

「丹羽殿のお働きがこのいくさ一番の功。わしは、とくと見ましたぞ」

無言で見返す丹羽様を意にも介さず、秀吉は続けます。

「あとはわしにお任せあれ。丹羽殿は筑前のいくさ、この高みより、じっくりご覧くださ
れよ」

これ以上の功を丹羽様があげては困るのか、そうとも聞こえました。

そして、秀吉は大仰な身振りで、峰続きの尾根に瞬く篝火を指さしました。

「まずはあの鬼玄蕃よ。奴を血祭りにあげ、あそこに控える柴田を討つ。ああ、いや、わかる、わかり申す。丹羽殿には、あの権六おやじを討つのは憚られるであろうて。よいよい、その業は、この羽柴筑前が請け負い申す。わしとてよほど気が引けるが、これも三法師君のおんため。丹羽殿は、与力一手のみ我が下に付けられよ。あとは、この賤ヶ岳をお守りくだされ。それだけで良い。あとはこの羽柴筑前の……」

「筑前殿」

止め処なく続ける羽柴秀吉を、丹羽様が遮りました。

「桑山殿にねぎらいを」

うぬ、と秀吉は顔をゆがめました。

そして、傍らに控えていた桑山重晴殿へ目を向け、お、と口を半開きにしました。

そこにいるのに初めて気づいた、そんな顔つきでした。

いえ、それは秀吉だけではありません。秀吉に続いてきた家臣、小姓、全てが、賤ヶ岳砦の主将の存在を忘れ去っていたのです。

桑山殿は低く頭を垂れておりました。

「おお、これは、これは。桑山も大儀」

その言葉は冷え冷えと響きました。

桑山殿の面は見えません。ですが、そのお心の内は、どれほど枯れていたのでしょうか。秀吉にとっては、桑山殿など捨て石だったのでしょう。

いや、ひょっとして、賤ヶ岳の将全てがそうだったのかもしれません。中川瀬兵衛様は、あの気性の激しさゆえ、当てつけに死んだのでしょうか。

秀吉を担いでいる者の心根の複雑さが知れました。

「筑前殿、本日の第一功は、この賤ヶ岳を守り切った桑山重晴殿。あとは、筑前殿の采配に任せる。ぞんぶんにお働きを。我は、ここで控えておりましょう」

丹羽様は低く言い放ちました。

さすが、と言えましょう。

信長様ご存命のときより、人を立て、おのが功も人に譲り、織田家を陰から支えてきた丹羽様ならではのお振舞いでありました。

丹羽様はいつも信長様の傍らに控え、武功者を称え、こんな風に口添えをしました。

それを受けて信長様はこう言うのです。「で、あるか」と。

信長様のご機嫌が麗しいときのやりとりでした。

私がそんな郷愁に浸るのを尻目に、秀吉は、ああ、ああ、と、鷹揚に頷き、

「さあ、鬼と呼ばれた、玄蕃と権六の首を獲るぞ」

と叫び、足を踏み鳴らして、出ていきました。

後年、賤ヶ岳の合戦、と呼ばれるこのいくさでの、丹羽様のお働きはこれだけでございます。

その後、秀吉は、賤ヶ岳を駆け下り、撤退する佐久間盛政殿を追い討ち、それを救わんとする柴田勝家様の軍勢を総攻めして、壊滅させるのでございます。

羽柴勢を大きく活気づけたのが丹羽様のご加勢ならば、柴田陣の構えを突き崩したのは、陣の中央ともいえる別所山に陣取った前田利家様の突然の撤退でした。

それまで羽柴勢の猛攻に必死に耐えていた佐久間勢は、援軍として控えているはずの前田勢が戦いもせず退くのをみて一気に戦意を失い、四散するのです。これにて柴田様も戦場に孤軍となりました。

越前まで潰走した柴田様は、居城北ノ庄に籠城し、切腹して果てました。

これで信長様亡き後の織田家で、羽柴秀吉を阻む勢力はなくなりました。
丹羽様は、賤ヶ岳の砦から北の空を睨むように、それを見ていました。
時折、なにか悔いるかのように眉根を寄せ、口元をゆがめておりました。

四章　混迷

丹羽様か、懐かしいのう。

わしが最初にお仕えしたのが丹羽様でなければ、今のわしはない。これは確かなことぞ。

わしのように非力でいくさ嫌いの武功もない男が、今や、日の本の国の勘定方となり、天下五奉行の役を担っておる。

それは、ひとえに丹羽様がわしを見出し、太閤殿下が引き上げてくれた、これに尽きるぞ。

しかし、もし丹羽様がご存命なら、わしはどうなっていたかのう。

太閤殿下に招かれることもなく、天下奉行とはならず、か。

いや、それも良いかもしれぬな。

丹羽様の下で夢中で算盤《そろばん》を弾いていたあの若き日が懐かしいぞ。

夢中だった、無心だったのだよ。丹羽様はそんなわしのことを偉く褒めてくれてな。

このお方なら、とわしも励んだ。

丹羽様が生きておれば、わしもこのようないくさに出ることはなかったのかのう。

わしは、いくさは好かん。いや、不得手よ。

しかし、わしは今や単なる奉行ではない。水口《みなくち》五万石の城主よ。

こたびは軍勢を率いていくさに出ねばならん。仕方のないことよ。

だが、我らには大坂城がある。ここには有り余る金銀が眠っておる。日の本の国をそのまま買えるぐらいぞ。このわしがよく知っておる。

勝たねばな。せっかく殿下が鎮めた戦国の世よ、この乱も早く抑えねばならん。

そうすれば、また国中から集まる米、金銀、すべてわしがさばいてみせる。

天下の勘定方のこの長束大蔵大輔《おおくらのたいふ》正家がな。

それにしても、実に久方ぶりのいくさじゃ。

しかも、攻めるのは太閤殿下の築いた伏見《ふしみ》城とは、なんの因果かのう。

こうなると兵を持たぬ太田殿がうらやましいぞ。

ああ、太田殿、いかぬ、そろそろ評定じゃ。

なに、すぐに帰ってくる。

また会おう、太田殿。では失礼する。

越前入り

「今、どのあたりですか」

お峰様は、輿の小窓を開け、聞いてきました。

「栃ノ木《とちのき》の峠を越えております。ここを下れば今庄《いまじょう》の町でございます」

横で馬を進めていた私は答えました。

「御方様、少し休みましょうか」

栃ノ木峠は近江から越前へと入る最難所です。

北国街道は山越えで延々と続きます。山から山へ。山腹を延々と蛇行しながら越えていく、そんな旅人泣かせの道のりです。

お体の弱いお峰様には、輿に乗り続けるのもきついことでしょう。

周囲が開け、見通しの良い街道脇に輿をとめると、侍女が駆け寄り、お峰様が輿をおります。

行列はちょうど峠を越えようとするところ。お峰様は高台の腰掛け石に腰を下ろします。

ここは山々を見下ろすほどの高所。吹き渡る風も少しは清涼です。

「ああ、山の気は澄んでいますね」

そう言って、白布で額をぬぐいます。

すこしは疲れが癒えたのか、その様子を見て、ほっと安堵いたしました。

五月、梅雨入り前の夏の陽が燦々と照りつけておりました。木々の緑も清々しく香ります。

景色は、見渡すかぎり、山、また、山。山々の海原の中にいるかのようです。

「湖ばかり見てきた私には、なんだか、不思議な景色です」

なんとも無邪気な、あどけないほどに無垢なお言葉です。

そんなお峰様のお姿は、私にとって菩薩様のように神々しいのです。

「上様が亡くなってから、なにもかも変わりゆくのが激しくて」

お峰様を主人とした、丹羽家の奥の者たちの輿と荷駄《にだ》が山中を進んでいました。

佐和山から、近江大溝、そして、こたびは、越前北ノ庄へ。

激動、といってもいいでしょう。丹羽家の転居は続きます。

そのたびに奥の者たちも、荷物をまとめ総出の大騒ぎとなります。

病弱の奥方様のお体にはさぞ応えるでしょう。

私はかってでて、お峰様の輿のお供役をしておりました。

丹羽様の右筆と御伽衆という役目の私は、武家の様に大きな荷と一族郎党を率いてゆくことがありません、身軽なのです。

なら、奥方様のお供をして少しでもそのご気鬱を晴らしたい、それが、私の望みでございました。

「でも、あの権六様のお城に住むことになるとはね」

お峰様の頰は陽光に照らされると、さらにその白さが際立ちます。

丹羽様は、これまでの近江二郡、若狭国に加えて、柴田様の旧領より、越前一国、加賀のうち二郡を加増されました。なんと百二十三万石の大領主となられるのです。

「上様も、権六様も、そして信孝殿も、もうこの世にはいないなんて」

織田信孝様は、岐阜城に籠っておりましたが、柴田様が滅びると孤立し、織田信雄様に攻められて降伏。尾張知多《ちた》半島にて、切腹したのです。

人質であった信孝様のご母堂も、秀吉により磔《はりつけ》とされました。

信孝様の母君といえば、側室とはいえ信長様が愛されたお方にございます。そのご係累、信孝様の娘御、すべて、信雄様の命で誅殺されました。

(さぞ、お辛かろう)

信長様の姪であり、養女でもあられるお峰様は、織田家臣の皆から慕われておりました。

そして、お峰様は、いつもそのか細くも柔らかい微笑で、武骨な織田家臣たちを癒しておりました。織田家の筆頭である丹羽様の奥方のお峰様は、私以外の皆にも菩薩様だったのです。

そのお峰様が、寂しそうに周囲に拡がる山並みを見渡し、呟きます。

「皆、死んでいきます」

小さな吐息とともにお峰様が放った言葉が胸に染みます。

これほど、多くの血が流れるとは。しかもそれはすべて織田家の者ではないですか。

信長様、信忠様はじめ、村井貞勝様、津田信澄様、中川瀬兵衛様、柴田勝家様、信孝様、謀叛人の明智さえ。わずか一年のうちのことです。

暗澹たる気持ちになります。

織田家はいったいどうなるのでしょう。着々と破滅へと進んでいるのでしょうか。

もし、そうならば、それを裏で操っているのは秀吉です。

あの男は、信長様亡き織田家を食い物にして、天下人に上り詰めるつもりなのです。

「御方様」

私が不安になっている場合ではありません。

奥方様のご気分を和らげるためのお供でございます。

「百万石の奥方様となられる御方様がなにを言われますか。丹羽様がいる限り、万事ご安心くだされませ」

無理やり明るく言いました。

そんな私の顔を滑稽と思ってくださったのか、お峰様は、ニコリと笑いました。

「ええ、そうですね」

奥方様にこれ以上の心労をかけたくない。

しかし、私のような一介の侍が、しかも右筆の身でなにができるのか。似合わぬ軽口でお心を和ませるぐらいです。

やはり、丹羽様しかおりません。丹羽様こそが、この不安を取り払ってくれるのでしょう。

「ありがとう。太田殿は、おやさしいのですね」

お峰様のお声に、どきり、と心の臓がうごめきます。

その透き通るように可憐な笑顔が、あまりにまぶしく、眼をそらしておりました。

道端に佇む侍女の行列に目が行き、ふと思い出します。

お奈津は、あの娘はどうしたのか。

大溝城を出るときから、お奈津がこの列の中にいないのに気づいていました。

「なにか探しているのですか」

お峰様の声に、はっと我に返りました。

「いえ、なにもございませぬ」

「お奈津ですか」

「なにをおっしゃいますか」

まさかに己の心の内を覗かれたか。そんな焦りが面上にでないよう懸命に首を振ります。

お峰様は、ときに驚くほどに鋭いのです。

「太田殿は、お奈津にご執心のようでしたので」

思わず声が上擦ります。

「あら、真にそうなの」

お峰様がクスリと笑います。

悪戯をしかけるようにその目が輝いておりました。やはり、私は奥方様にはかなわないのです。

「あの娘《こ》は、佐和山に帰りましたよ」

「は？」

思わず、眼を見開いておりました。

「離れていた縁者が見つかったから、急遽、佐和山の屋敷に戻ると、暇乞いにきたのです」

知りません。所用で先にでたのか、後から来るのか、と思っていたのです。

「聞いていませんか」

斜めに見上げるお峰様の目の輝きが、少し痛かったのを憶えております。

つい先日も私はお奈津を抱いた。

だが、そんなことはまったく――聞いていないのです。

お奈津はその時も耳元でささやきました。

「柴田様を討って、これからお家はどうなるのでしょう」と。

その問いに答えられぬまま、私はいつものようにお奈津を抱きました。ただ、お奈津を抱くことで、己の鬱屈とした心を振り払おうとしていたのです。

ひとときの快楽に逃げ込もうとしていた。

そういえば、私はお奈津についてなにも知らない、知ろうともしませんでした。

ただ、その体を求めた。

そんな私に嫌気がさしたのか。呆れ果てたのか。

なにも告げぬまま、お奈津は去っていったのです。

羽柴か、織田か

「大義がありませぬ」

鍋丸様改め、丹羽長重様は、評定の席で立ちあがり、叫びました。

「父上は先には、筋目を立てよ、と申されましたな。しからば、こたびの筋はどう立てますか」

長重様は若い瞳に怒りの炎を燃やして叫びます。

越前北ノ庄城は、柴田勝家様の自刃とともに焼失、やっと仮の御殿ができたばかりでございます。

まだ木の香りと青々とした畳の匂いがするその大広間で、丹羽家の評定が行われておりました。

議題は、織田信雄様と羽柴秀吉のいくさについて、です。

柴田様、信孝様を滅ぼした羽柴秀吉の勢いはとどまるところを知りません。

しかし、ここまでは、裏はどうあれ、表では、大義がありました。

跡継ぎの三法師君を守り立てるため、それに逆らう者を討つ。そして、それは三法師君とその後見役織田信雄様の名の下と飾っていたのです。

事実、先のいくさも、信雄様は、秀吉と結んで信孝様を攻めました。

形としては、信孝様を滅ぼしたのは信雄様。逆らう弟を織田家の兄が討った、ということとされておりました。

しかし、柴田様討滅後一年も経たぬ天正十二年（一五八四）三月、秀吉は、ついに、その牙をあらわにしました。

織田信雄様とのいくさ支度を始めたのです。

それでも秀吉は「三法師君のおんため」と唱えますが、三法師君はまだ五つの幼子。どう考えても、三法師君の御意思ではありません。

もはや、秀吉の野心は明らかなのです。

この事態は、織田家臣皆に、大きな問いを投げかけてきました。

すなわち、あきらかに天下を奪わんとする秀吉についてゆくのか。

信長様の息子である信雄様について、秀吉に抗うのか。

信長様の下でともに天下布武に励んできた皆が、その岐路に立たされたのです。

「この秀吉のやりかたのどこに筋が立ちますか。あれは、織田家の御血筋を根絶やしとするつもりにちがいありませぬ。我らは、忘恩の輩の片棒を担ぐわけにはいきませぬ」

先の織田家の世継ぎ決めのときは、その意をまげた長重様は、見た事かといわんばかりに、言い切ります。

数えで齢十四。昨年元服をすませたばかりの若殿でございます。その言い分は、若さと純粋さに満ち溢れておりました。

丹羽の家臣団も深々と頷いておりました。

血気、というだけにとどまらない正しさを、その言葉は持っております。

よくぞ言ってくださった。家臣一同はこの若殿の気概に満足しているのです。

しかし、誰も秀吉の権勢の拡がりを止められない。それは、歴然。そして、秀吉を担いだ方が、利はある。

わかるからこそ、家臣は誰も発言できません。

丹羽様はつい先日、秀吉からこの越前ほか百二十三万石を賜ったばかり。それはまがいなき事実なのです。

利は、秀吉。理は、信雄様。

重く苦しき狭間に立たされている丹羽様を前にして、いったいなにを言えば良いのか。

そんな苦渋に満ちた重苦しい評定を長重様の若さが切り裂いた。

鮮やかな驚きで、皆の心は洗われていたのです。

さて、上座の丹羽様は、というと——

皆、恐る恐る、見上げます。

いつもと変わらず、端整なお顔を崩すことはありません。

(なにをお考えなのか)

と、家臣一同、息を呑んで見つめております。

思えば、信長様が死んでから、丹羽様の真意を知る者はおりません。

その深いお心の内を計り知れるはずがないのです。

織田家の家老だったときは、信長様の下知をうけ、それを宰領するだけで良かった。

家臣たちも迷わずそれに従えば良かったのです。たとえ、理不尽と感じようとも、です。桶狭間への出陣も、比叡山の焼き討ちも、長島《ながしま》一向一揆の皆殺しも。みな、そうでした。だが、今は、丹羽家の行方を一心に背負い、家臣の意を汲み、秀吉はじめ腹に一物抱えた輩と渡り合う、そんな丹羽様の苦悩を家臣は知っています。

それだけに、皆の想いはしじまの中に沈んでいるのです。

「長重」

丹羽様は厳かに口を開きます、

「初陣だな」

あっ、と長重様は背を伸ばし、手をついて、頭を下げます。

初陣、その言葉に気を引き締めない侍の男子はおりません。

「励めよ」

「はっ」

床にすりつけんばかり下げたあとの面を、勢いよく上げます。

そして、敵は誰なのか。

「して、父上は――」

「長重」

言葉を継ごうとする長重様を、丹羽様の厳とした声が遮ります。

「父ではない。殿、と呼べ」

長重様は、顔面を朱に染め引きつらせました。

家臣一同も面を強張らせました。

「ここは評定の場、元服したお前は、丹羽家臣の一人ぞ」

厳しい、なんとも厳しいお言葉。

ですが、親子の情は家臣の評定には持ち込まぬ、それはけじめというもの。

長重様がやがて家督を継いだときのため、それを知らしめる。丹羽家当主の厳しく毅然としたお姿がそこにありました。

「先ほどの件、皆に問いたい。意のある者は述べよ」

そう言われると、一同口をつぐみます。

「おそれながら――」

低く声をだした者がおります。

「某は、羽柴秀吉様にお付きあそばすのが上策と存じます」

皆、振り返ります。

長束正家殿は、気弱そうな目尻を吊り上げておりました。

長束殿は今や勘定奉行となって、丹羽家百二十三万石の蔵米、金銀財貨を取り仕切る役を担っております。武功はありませんが、その才覚をもっての抜擢でした。

声は微かに震えておりました。

群臣列座の評定で、若手のしかも仕えて日の浅い己が発言する、その慄きを全身で感じているのでしょう。加えて長束殿は、非力でいくさ不得手の奉行なのです。

「長束、貴様、勘定方の分際で……」

「坂井」

筆頭家老坂井殿がしかりつけようとするのを、丹羽様が鋭く制します。

「利兵衛《りへえ》、よい。申せ」

仮名《けみよう》で呼ばれた長束殿は、気合いを入れ直したようです。

「今、我が丹羽家が得ておりますこの越前をはじめとする百二十三万石は、柴田様を討った羽柴様がくだされたもの。この国の兵をもって軍役を果たすというのなら、尽くさねばならぬのは羽柴様、ということとなります。殿は信長公より引き立てられましたが、信雄様からはなんら御恩を受けておられませぬ。こたびは、羽柴様につくのが筋かと」

一同、静かな慄きで、この若者の顔を見なおしました。

緊迫と怖れか、ところどころ詰まりましたが、長束殿は気丈に言いきりました。

いかにも才覚者らしい、理詰めの言葉でした。

（よくぞ、言うた）

私も、かつて、織田家中で武功自慢の侍大将たちに何度押さえつけられた事か。その気持ちが痛いほどわかりました。

しかし、その内容は明らかに羽柴秀吉を主と仰がんとするもの。古くからの丹羽家臣には聞くも悔しい言葉でした。

「わかった」

丹羽様は即答しました。

「皆、異論はあるか」

とだけ問いかけて、群臣を鋭く見渡します。

思いは皆の頭をめぐっているようでした。しかし、すぐに言葉にできるものなどおりません。私とてそうです。皆、目を泳がすばかりでした。

「あるか」

もう一度問います。

「では、わしの意を述べる」

丹羽様は穏やかに頷きました。

「長束正家のその考えもっとも。こたび、丹羽家は羽柴筑前殿にお味方いたす。出陣の支度をせよ」

底響きのする声でした。

皆、瞠目して背筋を伸ばしております。

丹羽様がそう言えば、否も応もありません。

ハッと、一同、声をそろえて平伏しました。


丹羽様が上段から去り、評定が終わります。

群臣が広間を次々と去っていく中、一人残っている者がおります。

長束正家殿は、末座で少し面を伏せ座ったままでおられました。

ななめ前方の畳の目の数でも数えるかのように、眉根を寄せ、瞳を光らせておりました。

その頬が微かに震えているのに気づきます。

「長束殿」

声を掛け、肩を叩きました。

「ああ、太田殿か」

長束殿は、上気した顔で振り返ります。

「よく、申されましたな」

心底、そう思っていました。

織田家臣として、信長様の一の者として、そんな拘《こだわ》りが何の得になるのか。

時勢、流れは秀吉。なら、ためらうよりも早くに動く。私のような老人が言えないことを長束殿は言い切った。この見た目か細い若者は、しっかりとした己の考えを持っている。

次の世をつくるのは、こんな男たちなのかもしれません。

老人はもう消えゆくのみか。そう思えば、この若者を褒めるべきだ。

特に、丹羽家中では秀吉を称える言を言いづらい。よくぞ、あの中で言いきったものです。

「うむ……」

しかし、長束殿は苦しげな顔を伏せました。

「どうなされた。わしは立派に思いますぞ」

まさかに、この若者は心にもないことを言ったのか、と疑念が生じます。

「いや」

長束殿は首を小さく振ります。

「殿に言われたのです」

その答えに、うむ、と私は眉をひそめます。

「太田殿、違う。これは、殿の命なのです」

「なんと?」

瞠目して、聞き返しました。

「評定前に殿に呼ばれました。腹蔵なく意を述べるように言われ、申し上げました。殿は、その考えを堂々と評定で皆の前で述べよ、あとは任せよ、と」

小刻みに頬を震わせて言う長束殿を前に、深く長く息を吐きます。

また考え込んでおりました。

（なら、丹羽様は、この若者を使って家臣たちを導こうとしたのか）

そうなのでしょうか。

そこまでして、秀吉を担いで、お家をまとめたいのか。

また丹羽様のお考えがわからなくなっておりました。


夕刻下城し、城下の屋敷につくと、しかめ面の与兵衛に迎えられます。

「客人が一人」

与兵衛は声を潜めます。

「旦那様の知己と言い張っております。なのに、屋敷に上がりたくない、しかも裏口にまわりたい、と」

さらに声を低くします。

「間違いない、高貴なお侍ですぞ」

勝手場まで出ると、土間に平伏していた男は顔をあげました。

「三左《さんざ》殿ではありませぬか」

池田三左衛門照政《さんざえもんてるまさ》殿は、池田恒興様の次男、齢二十の若者でございます。

お若いとはいえ、池田様に従って摂津の戦場をかけめぐり、山崎合戦でも武功を立てた武の者でございます。信長様もその武勇を愛でておりました。

その御曹司が今は薄汚い旅姿でうずくまっております。

「このような身なりで失礼仕る。太田様を頼って、忍んでまいりました」

「まず、上がられよ」

「かたじけない」

照政殿は、やっと強張っていた相好をくずしました。

着替えをもってくるよう家人へ命じ、照政殿を奥の間へ案内する間も、頭をめぐらせておりました。

なぜ、池田家の次男殿が、ここに忍んで来たのか。

それは、当然ながら、私、太田牛一が目当てではない。間違いなく、丹羽様への密使なのです。

とりいそぎ、奥の間で対座すると、照政殿に問います。

「さっそくですが、ご用向きを」

「父恒興の使いでござる。丹羽様にお会いしたく。お取次ぎをお願いします」

と言って、深く深く頭を下げます。

「では、お城へ共にまいりましょう」

「いえ」

照政殿はかぶりを振ります。

「できれば、このまま太田様のお屋敷にてお会いしたく」

にわかに緊迫しました。これは、よほどのことでしょう。

そもそも、この池田家の次男殿が、身を隠して忍んできている。それだけでも容易ならざる用件にちがいありません。しかも城に入らぬとは、誰にも知られたくない隠密の事なのです。

「平に、平にお願い奉る。丹羽様のお城には入れませぬ。ここに丹羽様をお呼び出しいただけませぬか」

若武者は大柄なその体を縮めて、さらに深々と頭を下げました。

「丹羽家譜代のご家臣には頼めませぬ。太田様こそと見込んでお願いいたします。父も兄も私も、池田家の願い、どうか、お聞き届けください」

丹羽様は来ました。

それも、まるで予期していたかのように、夜分に再登城した私を迎え、

「参る」

と応じたのです。

奥の間に入った丹羽様を、照政殿はその若い真剣なまなざしで見つめます。

「丹羽様、お久しゅうございます」

「三左殿も息災だな」

「このような形でお会いいただけるとは、真にかたじけなく」

照政殿の甲高い声はすこし涙に滲むかのようでした。

「丹羽様、池田家に教えをくだされ」

「教え、とな」

丹羽様が問い返す間も、照政殿は額を畳に擦り付けんばかりに頭を下げております。

あの池田恒興様がよほどお悩みなのでしょう。

確かに、この羽柴秀吉と織田信雄様の争いの中で、丹羽家よりも苦しいのは、池田家といえましょう。

なにせ、今の池田様は、信長様の元の本領、先日まで信孝様が領していた美濃の主なのです。

池田様はさすがに信長様が手塩にかけた岐阜城に入ることを辞し、大垣城を本拠としております。岐阜城にはご長男の元助様が据えられておりました。

なんたる奇遇か、それとも天があたえた試練か。

美濃は、織田信雄様の領する尾張、伊勢の隣国なのです。

すなわち、信雄様につくなら信雄様方の対秀吉の最先鋒、秀吉につくなら秀吉方の対信雄様の最先鋒となります。

池田家は、こんな重き場におかれていたのです。

池田様は、信雄様につく——

巷の噂はこうでした。

天下などどうでもいい。権勢欲、領土執着など欠片《かけら》もない。

池田様は公然とそう言いきり、「我は信長様の乳兄弟ぞ」と事あるごとに叫んでいました。

それなら、信長様の息子を援ける。

いかに三法師君をかつぐとはいえ、秀吉がやっていることは織田家の転覆なのです。

「池田家の行く末を決めねばならないのです。丹羽様のお考えをえるように、と」

照政殿の顔は、真剣そのものです。

その顔をみて、丹羽様は穏やかに頷きます。

「お教えください。丹羽様はどうされるのですか。どちらにつくのですか。そして池田はいかがすればよいのでしょう」

私は恐々と丹羽様の横顔を見つめておりました。

本日の評定で、丹羽家は秀吉につく、そう決めたばかりです。

「三左殿、それを尋ねる前に、池田家の御意をお聞かせ下さらぬか」

むっと照政殿は言葉を呑みました。

「勝三郎殿ほどの者、考えがないはずがない。そして三左殿もな」

丹羽様は静かにみつめました。その目が深い色を湛えております。

照政殿は、しばらく声がでません。一度、肩で大きく息をしました。

そして、思い切ったように口を開きます。

「わが父は、信雄様を援ける、と言いました。しかし、私が反対しました。私は羽柴様を担ぎ、池田家の家運を開くべき、そう申したのです」

照政殿は堰《せき》を切ったように続けます。

「父と兄は信雄様、某は羽柴様。家は割れております。このうえは、丹羽様の意をお聞きしそれにて池田の道を決したく」

「三左殿は、なぜ秀吉を担ぐ」

「織田家が天下を統一し、真の天下様なら、織田家を守り、守り立てるのが家臣のつとめ。しかし、中国に毛利、九州に島津、四国に長宗我部、越後に上杉、東海に徳川、関東に北条、佐竹《さたけ》、東北に伊達、蘆名《あしな》、最上《もがみ》。群雄はまだ健在。これらを平らげてゆく力がなければなりませぬ。上様、信忠様亡き織田家で三法師君がそれを成せるとは思えません。信雄様など言うに及ばず。今それが成せる、成そうとしているのは、羽柴筑前様のみ。それならば、担いで天下を取る、そして粉骨砕身すれば、家の身代を大いに増やせるというもの」

息もつかせぬ勢いでした。

おそらくこの若者は、父と兄の前でも滔々と説いたのでしょう。

「上様は確かに偉大でありました。ですが、もうお亡くなりになられた。亡き信長公の影に縛られるより、次の世を切り拓くことに力をそそぐ、それが、侍ではありませぬか」

大きく開かれた瞳から輝きがこぼれんばかりの語りざまでした。己の太腿を激しく叩き、唾をまき散らし、照政殿は身を乗り出しておりました。

それを受けても、丹羽様は穏やかな顔を崩すことはありません。

「なるほど」

重々しく、頷きます。

はっと照政殿は言葉をとめました。

「これは、丹羽様の前で不遜なことを」

信長様一の者と呼ばれた丹羽様に対して言いすぎた。激高してしまった己を恥じるかのように面を伏せました。

大したものです。

この若者は己の考えで動いております。そして確たる信念を持っているのです。

昼間の長束正家殿しかり。新しい時代を作らんとする若者の気概に心打たれておりました。

(うらやましい)

感嘆と共に、それが本音でした。

三左殿のように己の意思で邁進できるなら。若い力で思い切り飛び込めるのなら。

だが、丹羽様、池田様はこの若者とは立場が違う。織田家臣として受けてきたものが多く、大きすぎるのです。

「三左殿」

低く重い声が響きました。

丹羽様はこの若者の言葉をどう受け止めるのでしょうか。

無礼者と一喝して信義を説き、父に従うよう諭すのでしょうか。

それとも、しがらみに囚われた苦渋の胸中を明かすのでしょうか。

「わしも筑前を担ぐ」

思わず、瞠目しておりました。

丹羽様はさも当然のように言いました。

これには照政殿も、戸惑ったようです。まさか、かようにあっさり言い切るとは。

「三左殿の言、正しい。己の信じるところを進め」

「し、しかし、父は」

「勝三郎には勝三郎の意思がある。それはそれだ。父だからと気を遣うな。三左殿は己を信じてそれに反するなら袂《たもと》を分かつ覚悟で臨め」

毅然としたその様にゆるぎはありません。

だが、その言葉の意味は、というと。

丹羽様、あなたもあの猿に従うのですか。

織田一の者という誇りを捨て、時勢に靡くというのでしょうか。


それは、若者が己の運を切り拓くのとは、まるで意味が違うではないですか！

羽柴越前守長秀

いくさは、思いがけない形で始まりました。

天正十二年三月十三日、秀吉、信雄様、両陣へと誘われていた池田勝三郎改め、勝入《しょうにゅう》斎《さい》恒興様は、突如領国をでて木曽川《きそがわ》を渡り、織田領犬山《いぬやま》城を奇襲。一夜でそれを落としたのです。

尾張北の要、犬山城を落とされた信雄様方からは、同盟軍として清洲城に入っていた浜《はま》松《まつ》城主徳川家康様の軍勢が出陣。羽黒《はぐろ》にて池田様の友軍である、森武蔵守《もりむさしのかみ》の軍勢を打ち破り、小牧山《こまきやま》の城跡を修繕して堅固な砦を構築。清洲城の信雄様と連携し、尾張を守る鉄壁の堅陣を構えました。

上方の羽柴方の動きも慌ただしくなります。

これに先立つ二月、長重様を伴って上洛していた丹羽様は、秀吉との会見に臨み、志を共にすることを誓いました。

秀吉の要請に応じた丹羽様の下知が届き、北ノ庄から軍勢が出陣します。江口殿、坂井殿が軍を率い、総勢八千の丹羽勢は北国街道を南下します。私もそれに従います。

そこに驚くべき報が飛び込ました。

丹羽様は、秀吉から羽柴の姓を与えられ、朝廷への推挙を受け、越前守の官位を得たのです。

「羽柴越前守、だとお」

宿老たちはしかめ面を突き合わせては、口々に言い合います。

あの丹羽長秀様が。

羽柴などという姓は、丹羽と柴田から一字とって作られたものではないか。

秀吉が織田家筆頭家老の二人にあやかり一文字ずつ拝領して己の姓とした羽柴を、丹羽様に与える、とは。

言語道断というより、理不尽の極み。

なにより、そんな姓を、丹羽様はあっさり受け取ったのか。

しかも、かつて信長様から言われても受けなかった官位もあっさり拝受して。

家臣たちは動揺する目を泳がせて、首をかしげます。

（日和見どころか、狂ってしまったか）

（難局続きで気鬱になり、判断ができなくなった）

（実は不治の病で生きる気力がなくなった）

将兵の間では、そんなことすらささやかれておりました。

しかし、家中に大きな波紋を呼んだこの出来事は、世には絶大な効き目をなすのです。

これで、丹羽様は織田信雄様につくのではとくすぶっていた疑念は、完全に消え去りました。

丹羽長秀は羽柴方。

この事実を揺るぎなく天下に知らしめることとなったのです。

丹羽勢はそのまま東山道を進み、岐阜、犬山経由で、尾張へと進軍しました。

他に、秀吉の下に参じた武将は、池田恒興様、森長可《ながよし》様、蒲生氏郷《うじさと》様、細川忠興様、高山右近様、堀秀政様等々、畿内近隣の有力城主のほとんど。

八万とも十万ともいわれる秀吉方の軍勢が北尾張の山野を埋める中、丹羽勢は徳川の本陣小牧山から北東へわずか一里（約四キロ）の尾張小松寺山《こまつじやま》に布陣しました。

着陣早々、私は都から合流した丹羽様に呼ばれました。

実に久方ぶりのお召しに私の胸は、期待と困惑に淀みます。

最近の丹羽様は人を遠ざけて、お心のうちを明かそうとはしません。

あの羽柴姓を受けたのも、越前守の任官も、宿老家臣、誰にも諮《はか》っていないのです。

いや、相談などしようものならまた異論噴出して、このように即決することもなかったでしょう。しかし、これは人の和を重んずる丹羽様としては異例のこと。家臣たちは憮然と首をひねり続けておりました。

小松寺山砦の陣小屋にはいると、丹羽様は手招きをします。

「太田、近こう」

土間から板の間にあがり、にじり寄ります。

「もそっと、こい。耳を貸せ」

さらに近寄ります。耳を寄せます。

「越前に帰る」

なにを言うのか、と目を細めて、見返します。

「わしだけ帰る。将兵は皆残す。お前も残るのだ」

いや、それで納得できる話ではありません。軍勢が残るから良いわけはない。

「病よ、積聚《しやくじゆ》（腫物）じゃ」

（いや、それはない）

もはや、叫びそうでした。

確かに、ここのところ丹羽様は病を理由に人と会うのを避けていた。だが、たとえ患っていても、一人帰国せねばならぬようには見えません。

「長重のことを頼むぞ」

「いや、それは」

やっと口を開けましたが、言葉がうまくでません。

「この陣に参じたことだけでもう充分だ。あとはわしがやることはない。むしろ、おらぬ方がいい。長重の後見を頼む。それともう一つ、お前にしか頼めぬ大事がある。勝三郎のことだ」

そう言って丹羽様は、懐から一通の書状を取り出します。

「池田はわしのようにはできぬ。勝三郎は苦しむに違いない。今の池田家は、賤ヶ岳のときのわしよ。されば、太田、頃合いをみて、勝三郎の元へいき、この書状を渡してくれ」

宛名に池田恒興殿、と書かれた書状は固く封がされております。

「ご自身でされた方が……」

思わずというより、もはや反発にも似た気持ちで言葉を返しました。

丹羽様は目尻に笑みを浮かべて、私の腕を引っ張ります。

「見張られている」

と、小声で言います。

誰に、と尋ねようとしてやめました。それは愚問でしょう。

「お前にしか頼めぬ」

目配せします。そして、真摯そのものの目で見詰めてきます。

いつもの端然とした穏やかなお顔。

私が信じた丹羽様がそこにおりました。

そして一度、無言で頷いてまいります。

そうなると私も頷かざるをえません。

丹羽長秀様にそんな顔で頼まれて、誰が拒むことができるでしょうか。

「なにもすることはない」

丹羽様の名代として羽柴秀吉本陣でのいくさ評定にでた江口正吉殿は退屈そうに言いま

す。


両軍は動きません。お互い亀のように堅陣の中に引っ込んでいるのです。

見やれば、小松寺山の砦からは小牧山が近くに望めます。

ここは羽柴方の中でも最先鋒といっていい場所。

林立する三《み》つ葉《ば》葵《あおい》徳川紋の旗印は整然と小牧山とその周囲をうずめております。

左手の大山川《おおやまがわ》の向こう岸に木柵を編んで、徳川の足軽がこちらを窺っているのが克明に見えます。その兵のくしゃみの音すら聞こえそうなほど、敵は近いのです。

丹羽勢の隣には秀吉の甥、のちに養子となり関白になる三好信吉《みよしのぶよし》が一万を超える大軍を率いて布陣しております。

——丹羽勢の寝返りを警戒している。

陣中ではそんな噂がささやかれたりもしていました。

それに対して、「敵に一番近い前面に押し出しておいてなにを言うか」と丹羽家の者達は毒づくのです。

そのとおりでしょう。秀吉は特に織田信雄様に近い者を味方に引き込んでおきながら、腫物にさわるように警戒しているのです。その最たるものが、丹羽様、そして池田恒興様でした。

「いくさ上手の徳川様と、羽柴の大軍勢がにらみ合っておるのだ。それは容易にはうごけん」

「殿についてはなにか」

丹羽様が病と称して帰国されたことで、秀吉はどうでるのか、丹羽家の宿老どもはこれを気にしていました。

周囲の者達は不安気に聞きますが、江口殿はあっさりと、

「なにもない」

と応じます。

べつに何も起こりませんでした。

丹羽様は秀吉にきちんと暇乞いをしていたのです。

「それどころではない。羽柴の近臣は、丹羽長秀は越中の佐々成政に備えるために越前へ帰ったのだ、と陣中に吹聴している」

と、江口殿は面白くなさそうに言います。

これもおかしな話です。

丹羽様はこの小牧の陣に主力の軍勢を置いて帰っています。どうやって備えるというのでしょう。

「むしろ、秀吉は機嫌がいい」

江口殿は、ふん、と鼻をならして言います。

秀吉としては、丹羽の兵がここ小松寺山に残っている。そして、初陣の嫡男長重様が丹羽様の名代としてここにいる。それだけで良いのです。

これでは格好の人質に等しい。丹羽様は国に帰ってもなにもできず、そして、丹羽様がいない以上、この小松寺山の丹羽勢も勝手に動けないのです。

「殿がこの小松寺山で軍勢を率いて織田方に寝返る。そのほうが、秀吉には恐ろしかったのではないか」

そんな物騒な事を、地べたに唾でも吐くように江口殿は言うのです。

膠着するいくさの中、気になるのは池田恒興様のことです。

丹羽様の言い置きによれば、池田様こそ逃げることができないのです。この小牧の陣でいかに苦しまれているか、それを思えば、さざ波が打ち寄せるように胸が騒ぎます。

ある晩、人目を忍んで、池田勢の陣へと赴きました。

陣内へと案内され、池田様に面して、愕然としました。

「太田か」

床几に腰かけ迎えてくれた池田様は、目の下は黒々とした隈で縁取られ、頰はこけ、幽鬼のごとき顔をしておりました。

その老けこみようの甚だしさに恐れすら覚えます。

「猿に、ついていて良いのか」

池田様は虚ろな目で、呟きました。

ああ、なんという様、池田様らしくないお姿でしょう。

あの快活で、勇敢で、一途な池田様が。

「わしは、このままで良いのか」

私は言葉もなく、ただ面を伏せておりました。

この律儀そのもののお方は、己を責め続けているのでしょう。

乳兄弟の信長様の一族を次々と滅ぼす輩を担いでいることを。

秀吉とともに山崎のいくさで奮戦し、織田家の宿老として祭り上げられ、後継争いの場でも秀吉に同心した。

その果てに、柴田様、信孝様を殺し、信雄様を攻める、ということになるのです。

傍から見れば、明らかに秀吉の天下簒奪の同志でした。

「丹羽殿はなにをお考えなのか。いや、この乱世、人それぞれに己の道をゆくしかない。だが、丹羽殿はなにを思って、秀吉に従っておられるのか。どうして黙っておられるのか。わしはもう辛抱ならんぞ」

これにも答えることができません。

お傍に仕えながら、丹羽様のお心根はわからないのです。

私だけではありません。今や丹羽家臣の誰も、丹羽様のご真意がわからない。

「丹羽様は、池田様のことをお気にかけておられました。池田様は苦しむであろう、と。そのために私を遣わされたのです」

「気にかけていた、だと」

困惑の顔をゆがめる池田様の前で、私は懐を探ります。

私にできることはただ一つしかありません。

「池田様、丹羽様から託された書状です」

捧げると、ああ、と池田様はゆるい動きでそれを受け取ります。

頼りない手つきで小柄《こづか》を操り、書状を開けました。

私が恐々と見つめる中、池田様は暫しその書に目をおとしておりました。

篝火がめらめらと紅く池田様の頬を照らしておりました。

動きません。

書状を持つ指先だけが、微かに震えていたのを憶えております。

池田様は大きく肩で息を吸い、全身でその息を吐きました。

その目が徐々に光り出しておりました。

息が詰まるような時が過ぎてゆきます。

「そうか」

そんな言葉が漏れました。
「そうだな」
いきなり、勢いよく池田様は立ち上がりました。
床几が後ろに倒れる音が、大きく響きました。
私が驚愕して見上げる中、池田様は拳を握りしめておりました。
「丹羽殿、よくわかり申した。我も、もう迷わぬ」
星空を見上げて叫びました。
そのお顔は篝火に照らされて、明るく輝いておりました。
ああ、いったいなにが。
なにが、その書状に書いてあったのでしょうか。
丹羽様、あなたはなにを池田様に告げたのでしょうか。

池田勢、三河中入りのこと

翌々日、戦況が大きく動きました。

四月六日夜半、丹羽勢の隣に陣取っていた三好信吉様の陣からは、軍勢が大挙出陣していきます。

三好勢は、馬に枚《ばい》を噛ませ、具足の草摺《くさずり》を荒縄で結んで、音をたてずに出ていきます。

密かな出陣、ということはわかりました。

しかしながら、この大軍です。全ての軍勢が陣を出終わるのにも半刻かかりました。すぐ傍の丹羽勢が気づかぬはずがありません。

秀吉本陣からの伝令は、「秘中の策あり、陣替え」とのことです。

その詳細は明かされず、「丹羽勢は、あたかも三好勢がいるがごとく、小松寺山を固めるべし」とのことでした。

丹羽勢は三好勢の留守居役とともに、小松寺山の防備を固めるべく、陣形を変えました。

篝火を大きく焚き、旗指物を立て、陣に揺るぎがないように装うのです。

粛々と陣立てを変える中、丹羽家の者たちは口々に言い合いました。

「動いているのは、三好勢だけではない」

「この大軍で敵にさとられまいか」

いや、すでに我々がこうも気づき、陣内に噂が広まっているのです。

それに、ここは尾張国。織田信雄様の領地、すなわち、敵地なのです。

近隣の民や土豪とて、信雄様、徳川様に報じないはずがない。

そして、いくさに長けた徳川家康様が、諜者を放っていないはずがない。

いくさ仕立ての全容が見えぬまま、我々は、その場を守ることしかできませんでした。

翌七日、朝陽が昇ると、策の全容がわかりました。

「陣を出たのは、池田恒興様、森長可様、堀秀政様、三好信吉様。総勢二万」

「池田様たっての願いで中入りの策となった。長久手《ながくて》を経て、徳川の本拠岡崎を衝くとのこと」

「先鋒は、岩崎城を攻囲している」

物見の兵、伝令、他の陣からの報せを聞くたび、心の臓に楔《くさび》を打ち込まれたように胸が疼きます。

中入り、危ない策です。

二万の軍勢での隠密行軍など、できるはずがない。

しかも、奇襲する狙いが岡崎城とは、遠すぎます。

いくさ不得手な私からみても、下策にしか思えません。

「江口殿、どう思われる」

今の丹羽勢を仕切る筆頭家老に尋ねます。

江口殿は片眉を上げて、

「うむ、下策だな」

呟きます。

「徳川は間違いなく気づく。信雄様とて、領内を素通りさせるはずがない。坂井殿はどう思われるか」

江口殿は、老巧の相役に問いかけます。

坂井殿は横目で小牧山を見上げて、目を細め、

「もう、あそこに家康はおらんかもしれぬな」

苦笑とともに小声で漏らします。

「そ、それでは」

思わず声が上擦ります。

あの満面の笑みで立ち上がった池田様のお考えはいったいどこにあるのか。

なんのために、この策を秀吉に献じたのでしょうか。

「今この丹羽勢八千が小牧山を奇襲すれば、面白いかもしれぬが」

坂井殿は片頬をゆがめつつ言います。

「どんな策があっても、殿は動くな、と、言い残されてな」

江口殿、坂井殿の声が揃いました。

小松寺山から小牧山まではたったの一里。駆け出せば半刻もせず、敵陣になだれ込むことができます。

三好勢が去った今、小牧山の目付役ともいえる場所にいるのは我ら丹羽勢です。

なのに、動くな、とは。

「このいくさは秀吉のいくさ、我らは受け身でいい、とのこと。殿がいないのだから秀吉は丹羽の兵を動かさないだろう、とな」

「なるほど、しかし」

たしかに、今、勇んでも仕方がないかもしれません。

ですが、家康がいち早くこの策に気付き、今まさに池田様を追い討たんとしているなら。

それなら、池田様のお命はどうなるのか。

丹羽様、それでもあなたは動くな、と言うのでしょうか。

「わしらも、とんと、殿のお考えがわからんのだ」

坂井殿があきらめにも似た顔で言います。

その横で江口殿も首を振ります。

「殿はもう、秀吉の家来になると決めたのかな」

そんなはずはない。それで良いはずがない。

そんな丹羽様の書状が、池田様をあれだけ昂《たかぶ》らせるはずはない。

私は声にならぬ叫びを放ちながら、小牧山をにらみつけておりました。

佐和山の冬景色

後年小牧・長久手の戦いと呼ばれる、羽柴秀吉と織田信雄・徳川家康連合軍のいくさ。池田恒興様の献策から始まった三河中入りは、策に気付いた徳川家康様が、ひそかに小牧山を下り、羽柴方を猛追。後詰の三好信吉様の軍勢を四散させると、長久手の丘陵にて、池田恒興様、森長可様に追いつき合戦となりました。

一刻半の激闘の末、池田恒興様、ご長男元助様、森長可様お討死、羽柴方の討死二千五百という惨敗にて、この合戦は終わるのです。

この敗戦の後、羽柴方、織田徳川方、お互いに陣地を固く守って動かず、いくさはひたすらにらみ合いとなりました。

小牧の陣の膠着を横目に、秀吉は織田領伊勢、伊賀《いが》を攻略。所領の城を次々と落とされた織田信雄様は恐慌をきたしました。

ついに、十一月十一日、羽柴秀吉と織田信雄様は、和睦。

信雄様との盟約で、小牧に陣を張っていた徳川家康様は、浜松へとご帰国。

対峙していた羽柴、徳川両軍は次々と退き陣を始めました。

半年におよぶ長陣は、ついに、終わりとなったのです。

丹羽勢も、尾張小松寺山の陣をひきはらい、帰国の途につきました。

季節はもう極寒の冬。

西へ進む将兵の頬を伊吹《いぶき》おろしの木枯しが、容赦なく叩きます。

皆、視線を落とし、黙々と歩みます。

いくさが終わったという少しの安堵と、利のない戦いをしたという虚しさ。

そんな数多の想いを背負って、しかし、生き残ったという確かな感慨で、地を踏みしめて進みます。

東山道美濃路を西へ進む丹羽勢の中で、私は迷いの中におりました。

結局、この長陣は、多少の小競り合いを除いてほぼにらみ合いに終始。

秀吉方でまともに戦ったのは討死した、池田恒興様親子、森長可様だけという、なんとも虚しい結末となりました。

このいくさで、誰が利をえたというのでしょうか。

秀吉は数万の軍を起こしながら、尾張では徳川様に一敗を喫して、あとは守るだけ。

信雄様は、秀吉の脅威に立ち向かう気概を見せたものの、領国を食い荒らされて、降伏に等しい和睦。

徳川様は、信長様からの誼で、得る物の少なさを知りながら信雄様に肩入れして奮戦するも、ことわりもなく和睦され、徒労。

なんのために、池田様は戦って、なんのために死んだのでしょうか。

そして最後に見た池田様の立ち姿の意味は。

思いが淀んでおりました。長陣の疲れもあり、心は麻のごとく乱れておりました。

関ヶ原宿まで来て、私は一人、軍列を離れました。

「少し、用向きがある」

供をしていた小者たちに言い含めて、北国街道脇往還を木之本方面へと進む丹羽勢と別れ、そのまま東山道を西へ馬を進めました。

疲れていました。心がズタズタに切り裂かれているかのように、けだるく、体が重い。

目を閉じれば、池田様のお顔が浮かんできます。

あの晩の憔悴《しょうすい》し、迷いに迷った苦悶のお顔。そして、その後の晴れやかなお顔。

体がゆらぎ、心が震えていました。

醒井《さめがい》の宿を過ぎると、正面に佐和山が見えてきました。

思い出深い佐和山城が鉛色の空の下に佇んでおります。

城には寄りません。山腹の城は、今は堀久太郎秀政様の居城でございます。寄れるはずもないのです。

信長様の寵臣だった堀様は、秀吉の取次役で中国の陣にいたために明智討ちから秀吉に従い、今や佐和山城主、三法師君の所領の代官、御守役という重役をこなしております。なにをやらせても達者な名人久太郎殿も、いまは秀吉の忠実な一将、というところ。信長様のように秀吉があの堀様を使っている。そんなことを思うと、懐かしい佐和山の山並みも忌々しく見えていました。

佐和山の町割りは変わりありません。ですが、わずか一年前まで丹羽様の城下町だったこの町も、領主が変われば、その風情まで変わるようです。

どこか、よそよそしく、私のような老いの身に冷たい城下を、琵琶湖に向けて、馬を進めました。心は無にするように努めておりました。

湖に出る前、城下の商人屋敷街がとぎれて少しすると、あの屋敷の茅葺《かやぶき》屋根が見えてきました。

お奈津の屋敷――あの日、あの夏の雨の夕暮れ。お奈津を抱いた、あの家です。

(なぜ、ここに来たのか)

さだかではありません。

お奈津はなぜなにも告げずに去ったのか。それを問いただすつもりなのか。

屋敷を訪ねれば、お奈津に会えるのか。

いえ、そんなことより、私は、ただ、お奈津を欲していました。

この乱れ、疲れた心を、あの瑞々しい肉体で癒してくれないか。
あどけない瞳で慰めてくれないか。
濡れそぼった唇で、悦ばせてくれないか。
もはや、己の心身の置きどころを、お奈津にしか求められなかったのです。

路地からみると庭の垣根が遠く見えてきます。
近づくにつれて、私は眉をひそめました。
垣根のウコギが手入れされておらず、やや乱雑に生えているのに気付いたのです。
馬を進めれば、その垣根越しに屋敷が見えます。
見たとたんに、うぬ、と不審に思いました。
荒れている、というほどでもないのですが、人の住む気配がありません。
馬をおり、そのまま閉ざされてもいない垣根門をくぐり、屋敷の庭へと進みます。
あの日、家人の老爺に案内された玄関口に立ちます。
誰もいません。
留守、というより、久しく人の住んでいる風もないのです。
屋敷内に足を踏み入れると、黴《かび》と埃の臭いが鼻をつきます。
朽ちてゆく家屋の香りの中、さらに奥へ入ろうか、と思い淀んでいると、

「お武家様、何かありましたか」

と、外から声をかけられます。

振り向けば、垣根越しに農家の夫婦らしき初老の男女が怪訝そうな顔を並べています。

「ちと、尋ねたいのだが、ここには誰も住んでいないのか」

夫婦は顔を見合わせ、

「おりません」

「いつごろから」

「明智様の騒動以来ですが」

「そんなことはなかろう。ここには、あの乱で親を亡くした奈津という娘が一人、縁者の爺と婆と住んでいたはず」

言いながら、目の前が灰色に濁っていくかのようでした。

「なんですか、それは」

夫婦は顔をしかめております。

「お武家様、わしらはこの二軒ほど先に住んどりますが、ここの屋敷の主はあの乱で明智様のご家来衆が佐和山に入って来たときに、どこぞに逃げてから戻りません。たぶん、野盗にでもあって死んだんじゃないかね。我らが戻ってきた後も、誰も帰ってきません。ただ、おかしなことに、以前に屋敷に出入りする影を見たとか、中に灯がともっているのを見たとか、そんな噂が流れて、物の怪屋敷などといわれてるのですわ」

足元が、ぐらり、ぐわらりと、揺らぐような気分でございました。

呆然として、頷くのも忘れていました。

「流れ者が住みついたりせんように、我らもたまに見回っております。お武家様もお城の見回りの方ではないのですか」

朴訥にきいてくる農夫の顔をぼんやりと眺めておりました。

小刻みに体が震えるのは、湖から吹き渡る寒風のせいだけではないのでしょう。

空屋敷をあとにし、悄然と琵琶湖まで歩きました。

冬の琵琶湖は重々しい波音で足元に打ち寄せます。

あの時の琵琶湖も夕立で湖面を乱し、灰色に佇んでいました。

幻でもなく、夢でもなく、私は確かにあの日、ここで、お奈津と会いました。

そして、抱いたのは狐狸《こり》の類いではない。確かに香ばしい汗の匂いを放つ、艶やかな女体でした。

あの日、そして、大溝へと移ったあとも、何度も私はお奈津を抱いた。

奥方様はこう言われました。お奈津は暇乞いして、佐和山の屋敷へ帰った、と。

だが、あの夫婦のいうことが、真だとすれば。

いや、真なのでしょう。あの屋敷の様子からして。
さすがに、私は錯乱してはおりません。
自分が物の怪に化かされたと思い悩むほど、世を知らないわけでもないのです。
(間者、だ)
思い当たったのは、それです。
お奈津は、丹羽家を探るため、他家から遣わされた間諜。
奥向きに潜み、奥方様、そして閨で丹羽様本人に探りを入れようとした。
だが、為せずに、側近である私に近づいた。
そうとしか考えられないのです。
そういえば、閨でお奈津はよく私に尋ねました。「丹羽様はどうされるのか」と。
(秀吉か)
丹羽様の向背を探らせるのなら、羽柴秀吉でしょうか。
愚かな、なんと、愚かな。
若い女に魅せられ、間者の体にうつつを抜かすとは。
そして、逃げられただけでなく、わざわざ追い求めようとは。
いかに、混乱し、心が迷おうとも、この年で女の間者に謀られるとは。
(滑稽極まりない)

これが信長様の弓衆として鳴らした、太田牛一の成れの果てか。

筆で身を立てたいと勇み、織田家の奉行として都で天下の政に腕を振るった日々はなんだったのか。

太田も変わっている——そう言った丹羽様のお顔がよぎりました。

(変わっていた)

そうです、丹羽様、私は変わってしまっておりました。

天上の信長様もお笑いくだされ。

信長様亡き混迷、激変、心気の衰え。

太田牛一は容易につけ入られる間抜けとなりはてておりました。

(なんて、愚かなのだ)

疲れていました。

いっそ、この場で下腹に刃を突き立てれば、どんなに楽になれるか。

そんなことすら、浮かんできます。

心が無になるほど虚しかったのです。

父上、思えば、偉大なお方であった。

あの織田信長公に仕えて一の者、その信長公が亡くなったのに、今度は太閤殿下にも厚き信をえて、百万石を得た。

そんなことができる者、他にはおるまい。いや、真にそうであったぞ。

わしもな、あの時は、父上が日和見しとるように見えて、ずい分と逆らったものだ。

だがな、思えばよくぞあのように耐えて、家の舵取りをしたものだ。

あの時は、己の欲と感情を露わにする者ばかりだったわ。そんな奴らの狭間でな。

父上こそ、大いに怒り、泣き、叫びたかったのではないかな。いや、心の内ではそうしていただろうて。それをまったく表にださずにな。

わしは到底、あのようにはできぬ。

あの時の父上の想い。家を担う身となって、そして、家を失ってみて、初めてわかったような気がするぞ。

まあ、遅すぎたかな。

こたびの件、人は、なぜわしが豊臣についたか、などと陰で言う。

だがな、わしはあの時も父上に言うたのだ。

これまで仕えてきた織田家を援けるのが、丹羽長秀ではないか、とな。

そんなことを言うたわしがな、太閤殿下がなくなった途端に、手の平を返して、次の勢力に迎合することなど許されんだろうが。

いや、周りはそんな輩ばかりだが、そんな風に心を売ってまで、己の身代を守りたいか、太らせたいか。

わしに代替わりした丹羽家の主家は豊臣なのだよ。だから、わしは援けようと思った。

太閤殿下を失い残されたのは、幼君ではないか。援けずにどうする、それが侍ではないか。

こたびはその念を曲げず貫いた。これが侍としてのわしの性分なのだよ。

わしは父から受け継いだ丹羽家を潰してしまった。

これは親不孝なのだろうな。

受け継いだ家臣も路頭に迷わせてしまう。

これはわしの器量不足なのだろうな。

だがな、太田。

なぜかわからんが、天上の父は怒っておらんように感じるのだよ。

「仕方ない奴だ。だが、よくぞやった」と言ってくれているような気がしてならんのだ。

間違っておるかな、太田よ。

ええ、どうだ、太田？


どうした、太田。

なぜそのように穏やかに笑うのだ？

池田恒興様御葬儀

年が明けて、天正十三年（一五八五）二月、私は美濃国、龍徳寺《りゅうとくじ》にて、池田恒興様、元助様の葬儀に参列しておりました。

この年は春遅く、二月というのに真冬のごとく寒い曇天のもと、喪主池田照政様にて葬儀はとり行われました。

私は、丹羽様の命にて、大垣城下から揖斐《いび》川を遡った池田郡にあるこの寺へ出向き、丹羽家代表として弔問いたしました。

寒々とした本堂に、読経の声が朗々と響きます。

さすがに領主の葬儀だけあり、僧の数も多く、弔問客もひっきりなしに訪れます。

境内に入れない領民は寺を取り巻き、地に膝をつき頭を垂れます。

領主として慕われた池田様のお人柄が忍ばれました。

「太田様、すこしお話が」

葬儀が一通り終わり、喪主としての挨拶を終えると、照政殿が近寄ってきました。

寺内の別間に通されると、煎茶が振舞われました。

一口飲むと、その温かさに、心が、体が癒されます。

外は底冷えする寒さでした。畳の上でも、手足が痺れるほどに凍《こご》えて参ります。

「改めて、お悔やみ申し上げます」

私は若い殿様に向かって頭を下げました。

父恒興様のみならず、兄の元助様も失い、池田家の家督はこの照政殿が継ぐこととなります。

照政殿はこんなことになると、予期していたのでしょうか。

長い戦陣が和睦で終わり、年が明け、家督相続が落ち着いたこの二月、やっと父と兄の葬儀を催せたのです。

照政殿は、少し強張った顔を伏せ、

「痛み入ります」

気丈に返してきます。

「父はこの寺によく遠乗りしまして」

この辺りは美濃池田氏発祥の地とも言われております。

周囲の景色が気に入っていたのでしょう。

そういえば、揖斐川のほど近くに広がるこの田園は、池田様の育った尾張の風景にも似ております。

尾張も木曽川、庄内《しょうない》川と領内に河川の多い国です。若き信長様も池田様も、川べりを転げまわって、田畑の泥にまみれて、遊んでおりました。

私もお守役の御家老平手政秀《ひらてまさひで》様のお叱りを受けながら、信長様を追いかけたものです。

「太田様」

照政殿の思い詰めた声で、束の間の郷愁は、途切れました。

「実は、折り入ってお尋ねしたいことがあります」

面を見返すと、もうそのお顔には別の気が漲っておりました。

「太田様は、あの夜、父とお会いなされましたな」

「あの夜、と申しますと」

「太田様が陣中見舞いとして小牧の陣に来られた翌朝、父はあの中入りの策を羽柴様に申し出たのです」

そうなのか。あの晩、池田様は満面に笑みを浮かべて立ちあがっていた。

あの勢いそのままに、秀吉にあの奇策を申し出たのか。

「確か、丹羽様の書状を父にお渡しになられたと」

は、と頷きました。

「あれには何が書かれていたのでしょうか」

照政殿の瞳には、鈍い光が灯っていました。

「父は生きる拠り所を失っていたのです。父は立身にも領地にも興味がなかった。父は、悔やんでおりました。秀吉の口車にのり、織田家を滅ぼさんとしている己を責めておりました。いえ、私は次の天下を見据えてそうするべき、と言いました。だが、父はそんな器用な男ではなかった。ただ信長公のために戦い、仇を討った。それを秀吉に利用されたのです」

そうです。私が見てきた池田様もそうでした。

邪念も欲得もなにもない。明智がどうだ、天下がどうだもない。

ただ、信長様のために生き、その敵を討つ。それをなした後の思わぬ成り行きに呆然とする一人の男でした。

「だが、あの晩で父は変わった。秀吉に中入りの策を献じた父の凄まじき様。まるで人変わりしたような激しさでした。でなければ、秀吉があの策を認めるわけがありません。いや、中入りの策を言い出し、それを担うのはいいのです。しかし、あの不可解ないくさぶり。おかしいではありませんか。あのように、ゆるゆると行軍し、途上にある岩崎城を攻めるなど、愚挙でしかない。あれでは、敵に策を知らしめて、追い討ちを待つようなもの。いくさ上手の父には、ありえぬこと」

その目が血走っていました。

照政殿は、まるで目の前にいる父を叱りつけるかのように声を荒らげていました。

そのとおり。私ですらわかります。

愚策といっていい中入りの強行、そして、その後の稚拙な采配。全てがおかしいのです。

「いくさの折、私は父の傍におりました」

照政殿は視線を落として語りだします。

あの日、あの長久手合戦の日。

徳川の大軍に追いつかれた長久手の丘で、群がりくる徳川勢の中に、池田様はただただ身を置いていたのです。

婿の森長可様が討たれた、と報じられても、本陣の中央に床几を置き、どっかと座って前を見つめていました。

お味方総崩れの気配に、照政殿は何度もこういったそうです。「お逃げ下され」と。

池田様はそのたび、頑なに首を振りました。

「森様も討たれたのです。ここにいても死ぬだけ。兄上とて」

「元助も、婿殿も、見事に織田の武人よ」

その泰然とした言いざまに、照政殿は、池田様が錯乱したと思ったそうです。

「私とて」

思わずそう応えた照政殿に、池田様は厳しい目を向けました。

「いや、お前は違う。元助も、婿殿もあのお方と共にありすぎた。お前は若い。逃げよ。生きて、次の世をつくるのだ」

「父上は」

「わしが逃げてどうする。わしはやっと死に場所を得た。このいくさは、わし、この池田勝三郎のいくさよ」

池田様は、すがりつく照政殿を手荒く突き放しました。

「いけ、三左。己の道を」

そして、床几から立ち上がり、佩刀を引き抜き、大きく振り上げました。

「織田家臣、池田勝三郎。さあ、この首とって手柄にせんか」

地も裂けんばかりの大音声で叫んだそうです。

「最期の顔はいかにも晴れやかでした」

照政殿は小袖の懐をまさぐり、折り畳んだ油紙を取り出します。開けば中には紙片が一つ。

「父の亡骸《むくろ》の傍らに落ちていました」

紙は血と泥で汚れ、ところどころ千切れております。池田様がその身に受けた刃で切られたのか、上半分しかありません。そこには、

——我らが殿は、

と書かれています。

下半分に何が書かれていたのか。それは、わかりません。

「これは、太田様が渡された書状なのでは」

書状の中を見ていない私には、それすらも、わかりません。

ただ、右筆であった私には、その筆跡が丹羽長秀様のものとわかりました。

「太田様」

輝政殿は私の心の内を察したのか、上目遣いに私の顔を覗き込みます。

「父は明らかに死のうとしていたのです」

応えられません。

私に、いったい、何が言えるというのでしょうか。

再会

池田恒興様の葬儀が終わり、帰途に就きました。

連れは与兵衛と馬の口取りと荷を背負った小者が一人。

東山道にあたると西へ。日暮れの近づきとともに、小雪が舞い落ちておりました。

寒風は身を切るように冷たく感じられます。

「旦那様、これは、関ヶ原から向こうは吹雪ですぞ」

行く手の黒雲を指さして、与兵衛は言います。

関ヶ原から伊吹山の麓を辿ってゆく北国街道脇往還は、有名な雪どころ。季節外れでも積もるほどにふることもあります。

「急ぐこともないでしょう。今日は無理せず、垂井《たるい》で泊まりましょう」

垂井の宿場は南宮大社《なんぐうたいしゃ》の門前町として栄えております。

南宮大社は十代崇神《すじん》天皇の頃この地に鎮座されたと伝わり、美濃国一の宮として数多の武人も尊崇する名大社でございます。

街道沿いには参拝者を泊める宿屋が軒を連ね、行き交う旅人と呼び止める客引きの声が交錯し、今日も賑わっておりました。

早くも、夜の帳が下りようとしております。

与兵衛がみつけたそのうちの一軒に入ると、座敷に籠りました。

「一人にしてくれ」

薄暗い座敷で一人座り込みました。

(我らが殿は――)

あの書状の意味は。丹羽様が書いた言葉は。

池田様が死の前に目にしたこと、とは。

それは、私の心の中に、もやもやと形になろうとしては消え、また、現れます。

わかっているのに、その言葉を示すのが怖い。怖くて拒んでしまう。

いや、思い浮かぶ言葉は一つ。そして、そうならば、時は迫っている。

部屋が冷たい闇に包まれていく中、私は黙然と腕を組み、考え続けました。

「ごめんくださいませ」

室外から声がかかり、おずおずと襖戸があきます。

「灯りをお持ちしました」

「いらぬ」

女中なのか、その忍ぶような女の声を打ち消すように遮りました。

無視して戸を開く白い指先が闇の中に浮かんで見えました。

「失礼いたします」

燭台を持った小袖姿の女が面を伏せます。

「いらぬというに」

不機嫌に言い、追い返そうと女を直視したとき、息がとまりました。

灯火に照らされた女の白い顔に目が釘付けになります。

「お奈津か」

似ている。いや、間違いなくお奈津です。

ちらと目をむけた女の顔がクスリと微笑みます。

「そんな名のときもありました」

「おのれ」

まず感じたのは、怒りでした。

思わず、膝を立て、刀に手をかけていました。

「貴様、間者か」

叫びながら、考えておりました。

私はこの女を斬りたいのか、と。斬るならなんのために斬るのか、と。

そう問いかけ、殺気立つ私をどこかからみているもう一人の私がおりました。

お奈津は、悪びれもせず、楚々と部屋に入ってきます。

「そうです」

燭台を置いて、いきり立つ私の前に座りました。

「なぜ今さらわしの前に」

「太田様は佐和山のあの屋敷に行かれたのでしょう」

そう言って、艶やかな瞳を潤ませました。

「私をそんなに好いてくださるなんて、嬉しくて」

戯《ざ》れている。からかわれている、そう思いながら、不思議と怒りが静まっていくのを感じました。

「人にそのように求められるなど、ないから」

「わしを謀って、丹羽家のことを聞き出そうとした」

「はい」

なんら反論することもなく、あの厚ぼったい唇をすぼめます。

「でも、太田様はなにも教えて下さらなかったわ」

む、と言葉に詰まります。

「何を聞いてもはぐらかすばかり。奥方様も、奥の者もみんな言うことが違う。丹羽長秀様がなにをやりたいかなんて、全くわかりませんでした」

いや、そんなことはない。

お奈津はしきりと「お家はどうなるのか」と聞いてきた。

そのたびになにかを答えたような気がします。

だが、丹羽様の真意を知らない私がなにを言おうと、それは大した意はなさなかったのか。

「太田様は私をお抱きになるだけ。私は太田様に弄《もてあそ》ばれました」

間者のいう事です。また謀ろうとしている、とも思いました。

だが、こんな人知れぬ宿場の一間で、いまさら私をだまして何が得られるのか。

私はお奈津の体に溺れ、心を盗まれた。これに間違いはない。

だが、心を盗んでも、その中身は間諜が得たいものではなかった。

(ならば、お奈津は踊らされただけ、か)

ふふっ、と自然と口元が緩んできました。

私もお奈津も同類ではないですか。

貉《むじな》が、穴の中でなめ合うように体を求めあっただけ。

小さく笑みが漏れると、あとは、心がだんだんと拡がっていくのを感じます。

(私は、なにをやっていたのだ)

笑みが大きくなりました。

「なんと、間抜けな。わしも、お奈津も」

うす暗い天井に向けて、呵々と、笑いをあげておりました。お奈津も小さく笑みをこぼします。

「そう、間抜けです。太田様も、私も」

「秀吉か」

「いいえ」

「では、誰の」

「知りたいの?」

その問い返しに、眉をひそめ、口を噤《つぐ》みます。

「そんなこと、もう、どうでもいいでしょう」

お奈津の笑みを含んだ声に、私は頰をゆがめて笑い、頷きました。

そのとおり。もう、いいでしょう。

別に知ったところで、意味はない。探っても仕方がないこと。

私のようにいくさに疎く、武門の働きを厭《いと》うものが、なにをやっていたのか。

筆で何かをなしてみたい。そう望みながら、いつのまにか武家の面をして、織田家の行く末だの、天下の政だのと、埒《らち》も無いことに囚われていた。

思えば、私など武家であって武家ではない。いくさで武功をあげ、一族郎党を養い、城を治める侍ではない。

私のような者にできること、それはなんなのか。

一筆侍の私に。

(おぬしにしかできぬ、か)

丹羽様の言葉が胸に蘇ります。

「そう、太田様も私も、男と女としてただまぐわった、それだけです」

お奈津は、口元に手の甲を寄せて笑顔を伏せました。

「でも太田様、男と女のいたすことで、それ以上に大事な事、あるかしら?」

そして、上目遣いの妖しい瞳で私を見ました。

「闇はすべての飾りを隠してくれます。浮世のしがらみも、過去のいわくも」

お奈津は立ち上がって燭台の火を吹き消しました。

「今、闇の中に、ただの男と女がいるのです」

そう言って身を寄せてきます。私の肩に顎を乗せ、耳に熱い息を吹きかけてきます。まるであの夜のように。

「やめだ、お奈津」

私は、寄せてきた肩を抱き、押し戻すと、居ずまいを正しました。

「お奈津、よくわかった。私が間違っていた」

「なにを？」

あの本能寺が焼けたあの日から、混迷の森に迷い込んでいた。

だが、何を悩もうと、それは意味をなさなかった。

(やらねばならぬことは他にある)

私にしかできないことをやるのです。

若き日に志したことを。

「もう迷わぬ。儚むこともない。動き、見て、確かめ、我にしかなせないことをする。それだけだ」

しばらく暗闇の中に沈黙がありました。

「そう」

乾いた声がぽつりと響きます。

「最初は誑《たぶら》かすつもりでした。でも私も太田様に女の悦びをいただいた」

そんな言葉が闇の中に漂うと、お奈津の気配は消えていました。

告白

翌朝、目が覚めると、私は与兵衛を呼びました。

「関ヶ原で別れよう。先に、越前へ帰れ」

与兵衛は一瞬怪訝そうに眉をひそめました。

しかし、何かを察してくれたのでしょう。

なにも聞かず、その首を一度だけ縦に振りました。

関ヶ原宿はあの日、小牧の陣からの帰りに、丹羽勢を抜け出し、一人佐和山へと分かれた道です。

私はそのまま東山道を西へ馬を駆りました。

池田様にあてた書状の意。それを想うなら、もう時がありません。

その時が来る前に、どうしても知りたいことがあります。

もう待たない。己の力で動いて、見て、聞いて、調べる。

手始めに戻る。ならば、まずは、あの日のことを。

心に昨日までの淀みはありません。

(なぜ、もっと早くにやらなんだか)

逸ります。

その一念で馬腹を蹴り続けておりました。

久しぶりの都はすっかり様変わりしていました。

全焼した本能寺は三条大橋《さんじょうおおはし》の近くに移されています。

明智の乱で焼かれた下京《しもぎょう》もすっかり再建され、ま新しい家屋が軒を連ねています。

信長様の頃は、御所があり公家の屋敷が軒を連ねていた上京《かみぎょう》と、商人や武家の屋敷がある下京は、はっきり区分けされておりました。これは足利幕府時代の名残でした。

秀吉はそれを崩し、都を公家も武家も民も共栄できる町に作り直すようです。民の出らしい、秀吉ならではのことです。

さらに鴨川沿いを大きくかき上げて土居《どい》を作り、都を囲おうとしています。唐土《もろこし》にある城都のように土居の内を楽土として栄えさせるつもりなのでしょう。

鴨川に架かる四条の大橋を通り、都へと入ります。

町割りもそうですが、商人屋敷も様変わりしておりました。

明智と懇意だった商人、町民は逃げたのか、追われたのか。ところどころで、家主が替わっているのが見えます。

しかし、なんにせよ、やはり都は賑やかです。

民からすれば、侍のように主家と栄枯をともにするなど、馬鹿げたこと。むしろ、そんな武家の傲慢に振り回されたくないのでしょう。支配者が変わっても民は逞しい。強く明るく生きるのです。

闊達な町民の声が飛び交う四条大路《おおじ》を西へとゆけば、目当ての商人屋敷がありました。あの大崎屋の本店です。

大きな屋敷の軒先を大通りに向けてあけ放ち、見るからに羽振りの良い造りでございます。

店前で馬をおり、店を覗き込み、むっと眉をひそめました。

無人、というわけではありません。店番なのか、若衆が一人、奥で帳簿に目を落としています。

さすがに大崎屋ほどの富商となると、店でちまちまと物を売ってはおりません。

それでも、以前は店内に織物、反物、陶器や茶器、珍しい異国の品々などが華やかに並べられておりました。見本を屋敷の軒先に並べ、盛大に飾り、富商としての見栄えと品揃えの豊かさを目の肥えた都の民に見せつけていたのです。そして店の奥の棚にも目一杯、品が詰まっておりました。

ですが、今はあきらかに閑散としております。店先の平棚はまばらでほとんど品はなく、奥の棚も空っぽでした。

つぶれたのか、と、思わず、足が止まります。

軒先の看板を見直します。紛れもなく大崎屋です。

「ごめん」

軒先をくぐって声をかけます。

奥から若い男が顔を出します。

お、と声が出ました。

あっ、と向こうも目を見開きます。

大崎屋の若い大番頭市之助はあの日と同じ、誠実そうな眉を上げておりました。

そのまま奥の間に通されました。

出された煎茶を口に含みながら見渡します。座敷の家具も整頓され、荷をまとめて転居するような様子です。

「太田様、その節はほんまにお世話になりました」

市之助が入ってきて、正座をし、深々と面を伏せます。

「いや、世話になったのは拙者よ。大崎屋はまさに命の恩人」

本音でした。大崎屋と出会わねばあのとき命を落としていたでしょう。

市之助はいやいや、と首を振り、

「そして、この大崎屋も織田様の頃からほんに長い間お世話になりました」

と、悪びれもせず言い出します。

「店をたたむのか」

「はい、ご存じありませんか」

聞いているわけがありません。

いや、もう私は都の奉行ではない。越前国北ノ庄城主丹羽長秀様の側近なのです。

「主人が隠居しますので」

「まさか、秀吉から」

織田家の御用商人だった大崎屋は明智とも親しかったのです。新しい支配者の秀吉から排除されたのか。まず頭をかすめるのはそんなことです。

「まあ、それもありますが」

市之助の顔にとくに悲愴は浮かんでおりません。

「なんと言いますか、商売にも飽きたと言うてます。お武家の勝手に振り回されるのもこりごりだ、と」

そう言われると、あの日の丹羽様のこともあり、気がひけるところもあります。

「とはいえ、まだ大崎屋は老境というには早い。隠居などしてこの先どうする」

私の顔に浮かんだ戸惑いを見たのか、市之助は、

「ああ、お気になさらんでください、丹羽様のせいではありません。むしろ丹羽様には感謝しておりますよ」

掌を見せ、私を宥める様に振ります。

「まとまった金が入りましてね。都の外れの大原《おおはら》辺りに大きな田畑を買いまして。隠居屋敷を建てて人を雇って土と戯れて暮らすそうです。後は、風月を愛でて詩歌でも詠んでのんびりと生きるというてます。優雅なもんです」

「まとまった金？」

眉をひそめます。奇妙な話です。それは大崎屋の蓄財をもってすれば、隠居してそれなりの暮らしもできるでしょう。

ただ、市之助の言うことははるかに規模が大きい。

それに店を閉めるなら、雇い人たちにも相応の分け前もやらねばなりません。いくら店を処分するとはいえ、そこまで優雅な楽隠居ができるのでしょうか。

「あの日、なにかあったのか」

あの日あの後、大崎屋は、市之助一行はどうしたのか。

あの金銀を抱えて、どこへいき、何をしたのか。

ずっと気になっていましたが、確かめもせず、今日まできてしまいました。

織田家の混乱にかまけて、放っておいたのです。

「お互い命懸けであの日都から抜け出た仲です。太田様には言わねばなりませんな」

市之助は、目尻の微笑を消し、真顔になりました。

「ただし、相手のあるところは私の一存では言えません。先様のお名はご勘弁ください」

思わず笑みを漏らしました。さすがに信義を通す男です。

なにもかも話すと軽々しく言うよりも、よほど信じられるではありませんか。

「あの日、丹羽様は大崎屋の申し出を断りました。この金銀財宝はもらうわけにいかぬ、と」

無言で頷きます。それは私も知っています。

「私は納得できませんでした。私も主人も丹羽様に賭けております。簡単に、ああそうですか、と帰れません。思わず、この金銀、このまま都に持って帰れ、ということですか、と尋ねました。まあ、そう言って明智の詮議もかいくぐったのですから、野盗にでも襲われなければ、都に帰って明智様に笑顔で迎えられるでしょう。そして、この金銀は明智様の軍資金になる。それで良いのですか、と」

もう相槌をいれることもありません。そのとおりです。で、なにがあったのか。

「丹羽様はこう言いました。それもいかん、と。明智もそうだが、この金銀は織田家臣の誰も使ってはならん。今、上方でこの金を渡すべきお方は一人だけ。その方を追い、探しなさい、そのために警固の者をつける、と」

そうして大坂城を出ていく姿を、与兵衛が見たのか。

「私は、そのお方を探しました。そうするしかありませんから。でも、道々考えました。私も、そして大崎屋もそのお方とは全く御縁がありません。突然、こんな急場で会えても、取り次いでもらえるのか。いえ、金銀をやる、といえば受け取るでしょうが、そんな成り行きで肩入れなどしても、なんの面白みもありません。お互いに有り難みもないですわ」

そうでしょう。丹羽様を見込んで捧げるための金銀です。断られたからと言って、他の者に横流しして面白いはずがない。

「ところが不思議なことがあるものです。私がそのお方を探して大和と伊賀の境まで行き着いた時、ちょうど都の方からくる騎馬の一行に行きあたりましてな。知り合いですわ。ええ、よう知ってる都の商人衆《あきんど》です。どこへいく、と問えば、我等と同じ方を追い求めている、といいます。しかも、そのお方をこの危難から救いたい。家をあげて、そのお方の力になりたい、というのです。でも、かれらは都から逃げる様に抜け出したのでしょう。質素な身なりで、裸同然でしたわ」

なるほど、大崎屋だけではない。他の商家でもあの大乱に家運をかけ博奕《ばくち》を打った者がいたのか。

「対して、私どもは有り余る金銀の荷車を押している。そこで考えましてな。懇意でもない我々から、いきなり銭をあげる言うても、こそばゆいだけやないか。こちらも本音は丹羽様に差し上げたいと持ってきた金銀。これはどうも話が通らん。断られたとはいえ、縁のないお武家様にあげたというては、主人も納得せんやろう。と言って、持って帰って明智の銭となるのもあきません。それならこれはもう捨て金やないか、と」

え、と口を開けた私は、さぞ呆けた顔をしていたことでしょう。

「ただ捨てるのはおもろない。これはなんとかできんかと思いましてな。出会った商人衆に言いましたらな、なんと相手もおんなじようなこと考えとったんですわ」

市之助の声はだんだんと力がこもってきます。

「これはお互いに商人魂や。この大乱の中で、ひとつ家を賭けての勝負やないか。ここに三人の者がおるのです。捨て銭を抱えた大崎屋。肩入れしたいお方がいるが、銭の持ち合わせのない商人。危難に遭い、援けが欲しいお武家。三者の利が一致する。そこに商いが生じます」

「そ、それでは、まさか」

驚愕していました。大崎屋はあの場でさらなる博奕を打った。そして、それに勝った、というのでしょうか。

「はい、そうです」

市之助は、少し自慢げに口端をあげました。

「いや、もうこれ以上、言わんときましょう。ただ、私は嘘はつきません。なんにしても、今、こうしてここにいるわけですから。あとはご勘弁ください」

ああ、なんということ。商人とはなんと強かなのでしょう。

大崎屋は丹羽様に袖にされながらも、商人らしい機知と放胆な決断でさらなる富を得た。私が案ずるなどおこがましい。彼らは見事にあの急場を乗り越えていたのです。

やっと気になっていたことが解明されました。

(それにしても、いったい、誰なんだ)

気になるのは、その相手です。

商人の方ではありません。大崎屋、その商人が肩入れして、あの急場を乗り切った者。

丹羽様が、この人しかいない、といった者とは。

「どうも話し過ぎました。太田様は聞き上手やからいけません」

市之助は、軽く頭を叩くような素振りで立ち上がります。

「そろそろ、出かけないけません。太田様せっかくですが、またお会いしましょう」

それはさりげない拒絶なのでしょう。

ああ言ったからには、相手のことは明かせない。信義が命の商人魂なのです。

「市之助殿、おぬしはどうするのだ」

私はこんな風に食い下がりました。素朴な疑問でもあります。

まさかに主人に従い、楽隠居ということはないでしょう。

市之助は若い。その人生はこれからです。しかも「また会いましょう」と言いました。

それなら、遠国に去ることはないのです。

「私ですか。いや、主人から相応の取り分はいただきました。でも、まだ私は商売《あきない》をしたいんですわ。といって、私は雇われ者、大崎屋は無くなってしまう。ほとほと困っておりましたが、そんなら来い、と言うてくれる商家がありましてな。そこでお世話になります。私はまだまだ商人をやります。太田様、よろしければ、ご贔屓に」

「どこの家だ」

その問いに、市之助の頰はにんまりと膨らみました。

「茶屋《ちゃや》、ですわ」

ほおっ、と深く息を吐きました。

茶屋四郎次郎《しろうじろう》、といえば。

徳川家康様、御用達《ごようたし》の富商ではないですか。

「さすが、太田様、聞き上手で」

市之助は笑みを浮かべた面を伏せて、そのまま踵を返しました。

丹羽長秀様、越前北ノ庄にて御逝去

天正十三年、四月。

私は、越前北ノ庄城下の屋敷で、登城のための身づくろいをしておりました。

「よい、空模様ですな」

座敷の奥で出仕の支度をする与兵衛が声をかけてきます。

開け放たれた窓から、初夏の香りのする陽光が差し込んでおります。

爽やかな朝でした。

私は屋敷を出て城へと向かいました。

城へと続くゆるやかな上り坂を一歩一歩進みます。

三の丸、二の丸と警固の兵、いきかう侍たちと会釈をかわします。

どの顔も和やかでした。

呼びだしの刻限まで主殿の家老の詰間で、江口正吉殿、坂井直政殿、大谷元秀殿ら宿老の方々と、しばし話をしました。

今の丹羽家は百二十三万石の大家。もはや、秀吉傘下一の大大名でございます。

家臣たちも、家老の江口正吉殿が若狭国吉《くによし》城主となったのを始めとしてみな城持ちの御身分。溝口秀勝殿などは与力衆とはいえ、丹羽家家臣から独り立ちして、加賀大聖寺《だいしょうじ》城主として江沼一郡を領してなんと四万四千石、若手の上田佐太郎さえも一万石を得る大名級の身分となりました。

そして、私、太田牛一はといえば。

私は城などいりません。もう隠居しても良いのです。

ですが、こんな私でさえ、二千石もの高禄をいただいております。右筆、御伽衆の一人としては、尋常ならぬことと言えましょう。

これも、皆、丹羽様のおかげなのです。

宿老たちは、口々に言い合っておりました。

「ついに、殿の人徳が陽の目を見たのだ」

「お見事な処世よ」

「いやいや、これぞ深謀というもの」

明智の乱、その後の織田家の内紛も、織田信雄様と羽柴秀吉の和睦により、ひとまず終息し、畿内は落ち着いておりました。

そして、なんにしても、あの信長様横死の激動の中、丹羽家が生き残り、その身代が大きく飛躍したことに間違いはありません。

他はといえば、柴田勝家様は自害、滝川一益様は落魄、池田恒興様は討死等々、同格の織田旧臣の多くが没落しております。

家臣皆、あの混乱の中見事な舵取りをみせた丹羽様へ尊崇の眼差しを向けておりました。

「信長公を失い、頼りなし、などといっていたのは、どこの誰じゃ」

あはは、と皆腹を抱えて笑いました。

そう、振り返ってみればそれは笑い話でした。

皆、肩を叩き合って、丹羽様についてきた冥加《みようが》を噛みしめておりました。

刻限通り、私は本丸主殿の書院に丹羽様を訪ねました。

丹羽様は、穏やかに、

「久しぶりに、昔話でもするか」

と言い、私に酒杯を勧めました。

「いろいろとあったな」

丹羽様は緩く微笑みながら、切り出します。

「ええ、まことに、いろいろと」

私も思わず、口元が緩みます。

昔話といえば、当然ながら、織田信長様のこととなります。

「覚えておられますか。あれは天正三年だったか」

私の問いかけに、丹羽様は笑みを大きくされました。

あの年は、武田勝頼《かつより》を設楽原に破り、天下の形勢が織田に固まりつつある頃でした。

その日、信長様は岐阜城主殿の大広間に諸将を集めておりました。

上座に胡坐をかいた信長様は家臣一同を見渡しておりましたな。

その手前で、都の所司代村井貞勝様が長い書状をひらりと開き読み上げます。

「このたび、朝廷からのお達しにより」

一同は伏せていた面を、さらに額を畳にこすりつけるように下げます。

「織田家臣に、官位が下されることとなった」

皆、伏せた面を輝かせます。

「柴田殿には修理亮、佐久間殿には右衛門尉、滝川殿には左近将監《さこんのしょうげん》、明智殿には日向守、木下《きのした》殿には筑前守……」

田舎大名の家臣たちが、自称する官位名ではありません。信長様の推挙により、朝廷から正規に下される官位でございます。

このとき、私ですら、和泉守という官位をいただいたのです。

野戦、攻城でならした織田家臣たちも、これには困っておりましたな。

どんな顔で喜べばいいのか、それすらもう、わからない。

皆、信長様に従って、ただただ戦いつづけてきた根っからの侍どもです。

今は、都を制し、畿内全域に勢力を拡大しつつある信長様とて、本《もと》をただせば尾張の小大名。そして列臣は、その配下の田舎者なのです。

聞いたことのないような官名すらとびだす始末で、皆目を泳がせるばかりでしたな。

上座の信長様はすでに胡坐を崩して、片膝を立てて脇息《きょうそく》にもたれておりました。

行儀が悪い。いや、行儀などで信長様は縛れません。

すでに潰した足利将軍家への謁見、そして朝廷に参内するときは、見事なほどの礼節で身をかざるお方でございました。

だから、礼儀をわきまえていないわけではない。ただ、その使いどころを知り尽くしている。

充分わきまえたうえで、「無駄なことだ」と言いきってしまう、それが織田信長様なのです。

だからこそ、無駄な行儀で自分の家臣に対して繕うはずがないのです。

そんな信長様は、家臣たちが頭をぐらつかせるのをみて、フ、と鼻から息を吐く音を鳴り響かせておりましたな。機嫌が格別に良いのです。

一同、ありがたがりながら困惑する中で、丹羽様、あなたは一人端然と座しておりました。

皆、やっと周りを見る余裕ができたとき、丹羽様のことに気づきました。

「ところで、丹羽殿は」

ざわついていた者たちが、誰となく問いかけました。

そうです。皆が名を呼ばれ、官位を下される中、丹羽様の名が呼ばれることはありませんでした。

「五郎左か」

静かに目を伏せるあなた様の代わりに、口の端からひねり出すように言ったのは、信長様でした。

「五郎左は、官位はいらぬ、と言いきりおった」

ケッと信長様は、短く笑いましたな。

皆、怪訝そうに眉をひそめておりました。

それはそうです。すでにその頃、丹羽様は織田家筆頭家老。

家臣団筆頭であるからこそ、この機会に官位を得て、皆のうえに君臨する。いや、そうしたい、と思うものでしょう。丹羽様と相役である柴田様など、従五位下修理亮となるのです。単なる織田家家老ではない、朝臣となれるのです。

そんな、皆の疑念が渦巻く中、丹羽様、あなたは満足そうに、頭を下げました。

「五郎左の我儘、お聞き入れくださり、上様のご厚情、真にありがたく」

「官位が欲しい、というならわかる。官位がいらぬ、というのが我儘とは、この阿呆が」

信長様は吐き捨てますが、目尻に笑みが浮かんでいました。

「拙者、織田の五郎左で結構」

信長様はついに膝を叩いて笑っておりました。

「そして、もう一つ」

一息ついたところで、村井貞勝様のだみ声は続きました。

「次の者に新しい姓《かばね》を与える」

村井様は、ムフッと咳ばらいをし、続けます。

「丹羽殿には惟住《これずみ》、明智殿には惟任《これとう》、簗田《やなだ》殿は戸次《べっき》……」

村井様の読み上げが続く間も、信長様は口元に笑みを浮かべておりました。

その目は頭を垂れる丹羽様の頭頂を見つめておりました。

さて、官位はいらぬ、それでは新姓はどうだ、と言わんばかりでした。

惟住、惟任、戸次、いずれも九州の旧名族の姓です。

やがて、九州まで攻め取る、という信長様の大志が見事に込められた仕業です。

「あいや、しばし、お待ちくだされ」

低いがよく通る丹羽様の声が、流暢だった進行を妨げました。

「なんだあ、五郎左、これもいらぬというか」

信長様の甲高い声に、一同、体を縮めておりました。

とうとう逆鱗にふれたか、と一同の目は泳ぎ、面を伏せておりました。

もう、どこを見てよいかわかりません。皆ひたすらに畏縮しております。次にどんな恐ろしいことが起こるのか、と。

信長様は気にくわぬことがあれば、どんな場でも構わず荒れ狂います。

この癖は幼き頃も成人してからも変わりません。その癇癪《かんしゃく》はとめどなく、誰も抑えることができません。

上座の信長様から発される猛った気が、皆の肩に張り付いていました。

「惟住長秀、気にくわぬというか」

その刃のような声が、丹羽様の額に突き刺さりました。

「いえ、ありがたく頂戴します」

丹羽様は真正面を向いて、堂々と言い放ちました。

「ただし、今後も拙者を、織田の五郎左、とお呼びくだされ」

一瞬、信長様の端整な顔が縦に伸びたように見えました。

皆も呆けたような顔を上げておりました。

奇妙な静寂が室内に訪れました。

次の瞬間、つんざくような信長様の声が広間に響き渡りました。

「五郎左ァ、キサマァ」

全員が一斉に身を縮みあがらせます。

(大体、丹羽殿は、堅すぎるのだ)

皆の心の叫びが聞こえるようでした。

己のことでもないのに、全員が平身低頭、額を畳にこすり付けるように平伏しておりました。

沈黙、静寂。

「ゴロウザ」

次の信長様の声は、また天井を突き抜くほどでした。

家臣たちはまたもビクリと肩を揺らしておりました。

一同、恐々と肩をすくめる中、信長様がフウッと息を吐く音が響きました。

「この方が呼びやすい」

一同、あっと目をあげました。

その先の信長様は笑みを頬に浮かべておりました。

「ゴロウザ、おみゃあ、どえりゃあ、大うつけだがやぁあ」

信長様は早口の尾張弁まるだしで、吼《ほ》えました。

高らかに言い放ちながら、天井を振り仰いで笑っていました。

皆、知っております。信長様が尾張弁丸出しでしゃべるとき、その機嫌がとんでもなく良い事を。信長様こそ、若き頃、「尾張の大うつけ」と呼ばれていたことを。

信長様の視線の先の丹羽五郎左衛門長秀は、丁重に頭を下げました。

丹羽様、あなたのその面は、いつもどおり、端然としておりましたな。

「うむ、あった」

丹羽様は機嫌良さそうに頷きました。

たわいない昔話はとめどなく続きました。

丹羽様は織田家の若侍だった頃のように目を輝かせておりました。

そういえば、若い時分、清洲城の詰間で宿直の若衆が集い、よく夜更けまでこんな風に話をしたものですな。

主な面々は、信長様の小姓である丹羽様、池田勝三郎様、弟分としてまだ犬千代《いぬちよ》と呼ばれていた前田又左衛門利家様のお顔もありましたな。

近習の私は御目付役としてこの若衆たちの傍らにおりました。

話柄は、全てといっていいほど、信長様のことです。

あの頃の信長様の奇矯で斬新な振舞いの数々は、我々に瑞々しい驚きをくれました。

時に、その場に信長様が乗り込んできて、慌てた我々の頭をはたくこともありましたな。

信長様、丹羽様、池田様、あなた方はまるで血を分けた兄弟のようでございました。

丹羽様と私は時を忘れておたがいの昔話を出し合いました。

丹羽様は、「これは知っておるか」「それは知らなんだ」と、珍しく相好を崩して語り、聞き入っておりました。私も時に、膝を叩いて笑い、両眉を上げて感嘆し手を打ちました。

いつのまにか、陽が傾きだしておりました。

私と丹羽様は二刻に亘って語り合っていたのです。

いや、気づかねば私どもは、夜通しでも語り合っていたでしょう。

「楽しかった」

「まことに」

「さて、と」

丹羽様は座りなおしました。

すでに夕陽に変わりつつある陽差しが丹羽様の穏やかな頰を照らしておりました。

「腹を切る」

まるでもう寝る、とでも言うような口ぶりで丹羽様は言いました。

その言葉に特に力みは感じません。

私も動じることはありません。ただ、問い返します。

「皆、驚くでしょうな」

「ああ、公には病、ということにすればいい」

「秀吉とて、驚くでしょう」

「そうだな。腹の悪い虫が臓腑を食い破って、五郎左を殺した、とでも言っておけ」

二人して、天井を見上げて大きく笑いました。

笑いが止まらず、いつしか、私の目には涙が溢れておりました。

一息ついて、やっと聞きました。

「もう、良いのですか」

「ああ、あらかた終わった」

「まだまだ皆には、丹羽様が必要では」

「いや、もう皆、それぞれの力で歩めば良い」

「そうでしょうか」

「そうだ。所詮、人は己《おの》が道は己《おのれ》で切り拓かねばならん。みな、それなりの身代を持った。あとは丹羽にも織田にも縛られることはない。己の道を行け」

「長重様は良いのですか。秀吉に狙われるでしょう」

「そうかも知れん。だが、それを乗り越えて行くしかない。奴が侍として生きるならな」

「もうしばらく守ってあげては」

「守るなどとおこがましい、いずれわしが先に逝《い》く。男たるもの己で立たねばならぬ」

「この百二十万石は重いですな」

「ああ、重い。だが、もとより、わしの身代は信長様に与えられたもの。そして、この地は権六殿のもので秀吉から与えられた。執着しても仕方なかろう。長重は長重で己の道を切り拓け、それが長重の運命《さだめ》」

「厳しいことを」

「長重のことをずい分頼りなく思っているようだが、あれはあれで、なかなかの男だ」

「しかし、お若い。まっすぐすぎますな」

「若いうちはあれぐらいが良い。老いてゆけばやがて、わかる。長重の器量なら、素裸から十万石ぐらいは得られるぞ。わしが信長様からいただいたようにな」

そこまで言うと丹羽様は一息入れました。

「権六殿も、勝三郎も、信孝様も、信澄様も、森武蔵《むさし》も、佐久間玄蕃も、中川瀬兵衛も、皆逝った。わしだけが逃れられるか」

「秀吉はよいのでしょうか」

「織田家臣の誰かが信長様の跡を継ぐなどおこがましい。皆、信長様のおかげで人がましくなった者たちよ。だが、せっかく信長様が鎮めかけたこの戦乱、もとに戻してはいかぬ。民のためにもな」

民の事も考えるのか、とため息がでました。

いや、それでこそ、信長様の傍らで天下統一を成そうとしたお方です。

「信長様がここまでやったのだ。あとは秀吉が天下をならすであろう。奴は民に近い。民の想いでやるだろう。だが、保てるかは別だ。信長様の後の天下を担える者、それらしきお方はただ一人。その方だけは、あの乱のとき死なすわけにはいかなかった」

「それで、大崎屋を」

「それは、当たり前の事。あのお方は、信長様に、織田家に、けなげに尽くされた。たまたま上方にいたときに、あの乱に巻き込まれただけよ。なら、援けねばならん。それが織田家の信義というもの。だがな、太田、だからと言って、あのお方がこののち天下を取るかなど、そんなことはわからぬ。それは、あのお方次第」

丹羽様はそう言って、晴れやかに笑いました。

そうですな、丹羽様はそのお方の堺見物の案内役。前日まで一緒におられたのです。その危難を黙って見過ごせるわけがありませんな。

信長様亡き後、織田の五郎左丹羽長秀様が成して来たこと——

己一人なら、思うまま振舞うのもいいでしょう。柴田様のように己の野心と意地で、周りを巻き込んで大いくさを起こす。乱世に生きる武人ならそれも良いかもしれません。

でも、信義の人、丹羽長秀の生きざまはそうではない。

丹羽様、あなたは信長様だけでなく、家臣皆にも信義を貫いたのですな。己亡き後、家臣たちが独り立ちできるように、その身代を形見分けする。しかも、できるだけ大きなものを残す。これで丹羽家臣たちは、織田家の陪臣としてではなく、百二十万石の大大名の家臣として、己の力で道を選び、歩むことができる。

そこに、天下取りも、己の欲もなかったのです。

しかし、なんと、難しいことをしたのでしょう。

丹羽様は、その苦しみも困難も表に出さず、粛々とやりとげたのです。

そして、ようやくに信長様の後を追える。

ならば、誰に丹羽様をとめることができるでしょうか。

我らが殿は――

――織田信長様だけ。

ですな。その通りです。

「私もお供を」

許されざること、と知りながら、思わず口走っていました。

「すまんが、だめだな」

ああ、そうです。そう言われるとわかっていました。

「お前には、なさねばならぬことがある。わかっておろうが」

「は」

私は頷きながら視線を落としておりました。

「信長様のことを書く、それがおのれの使命、運命よ。そのために、もうしばらく浮世の苦労をかけるかもしれぬ。だが、これはお前にしかできぬ。これが織田の五郎左最後の頼み、聞きいれてくれるか」

難儀なことを申されます。いや、しかし、わかっております。

「承知しました。私ももう逃げませぬ。丹羽様にとって、そして私にとって唯一の殿、真の織田信長公のお姿を後世に残す。そのためにはこの太田牛一、待つだけではない。己の記録、記憶だけでなく、人に聞き、土地をめぐり、調べ尽くして、これ以上ない信長様の史伝を書いてみせましょうや」

「さすが、太田よ、織田一の筆侍よ」

また、なんと、心に大波が打ち寄せるような事を言いますか。

あなた様にそのような穏やかな顔で言われては、誰しも奮うことでしょう。

そうでしたな、信長様の下でもそうでした。

気難しい信長様が家臣にきつく接するのを見ては、穏やかに取りなし、勇気づける。それがあなた様、丹羽五郎左衛門長秀でしたな。

丹羽様は二度三度と深く頷きます。満足げなお顔でした。

「それと、もう一つ、願いがある」

丹羽様の穏やかな顔に笑みが浮かびます。

「わしのことは、書くなよ」

ああ、最後までそう言われますか。

こんなにも信長様に尽くし、己を滅し奉公したあなた様。そして、信長様の死後も信義を貫きとおしたこと。

私はそれを知っております。だが、皆は、知りません。

後世の人は、織田信長なしでは生きられぬ男、秀吉にいいように操られた男、とあなた様を評することでしょう。それで良いというのですか。

「わしは、織田の五郎左で良いのだ」

丹羽様は歯切れよく言いきって頷きました。

もう何も言えません。言う必要もない。

私は深々と頭を下げておりました。

天正十三年四月十六日、丹羽五郎左衛門長秀様は越前北ノ庄にてご逝去されました。
享年五十一。
辞世の句は——
ありません。
なんと、ないのですか。
辞世すら詠まないと。そこまでされるのですか。
辞世の句でもあれば、あなた様の最期を彩ることができましたのに。
後世の者とて、様々、想いを馳せるでしょうに。
それすらも、いらん、と。
そういうのですか。

その死は、公には「積聚による病死」とされました。

仕方ありませんな。
少しだけ悪戯させていただきましょう。

織田一、丹羽五郎左長秀の記

あれから、またたく間に月日はながれました。

丹羽様ご逝去の後、その死については、こんな噂がでまわりました。
「丹羽様の遺骸を焼くと、焼け残った積聚が怪鳥《けちょう》のような形をしていた」
「腹から出てきた虫が生きていて、秀吉を驚かした」
などなど。
なんとも奇っ怪な話でございます。
これら奇談はもっともらしく拡がって、秀吉の周囲を惑わしました。
いや、ひょっとすると記録として後世に残るかもしれませんぞ。
いったい誰がこのような噂を流したのか。
まあ、そんなことは、もう良いでしょう。
もはや時代は慶長《けいちょう》でございます。
その後、天下を取った秀吉ももうこの世におりません。
秀吉が栄華を築いた豊臣家も、今や大坂城にて一大名となっております。

丹羽様没後、思った通り、秀吉は長重様を陥れ、お家は縮小の一途を辿りましたが、そのことについてはもう書きますまい。

しかし、長重様はやはり、丹羽様の息子でございます。まっすぐなお方です。度重なる仕打ちで領国を四万石まで減らされたのに、秀吉が晩年、小松十二万石に加増し参議に推してくれたことを恩義に感じ、死後の関ヶ原合戦では豊臣方として働きました。そのおかげでついにお取り潰しの憂き目にあいましたが、このたび常陸《ひたち》に一万石を与えられ、大名に復帰されました。

丹羽家臣は独り立ちする者、長重様に尽くす者、様々でございました。

秀吉に引き抜かれた長束正家殿は、五奉行まで出世し天下の勘定方となりましたが、関ヶ原合戦で敗れ、切腹して果てました。

戸田勝成殿も秀吉に引き立てられ、万石取りの大名となりましたが、関ヶ原で討死されました。華々しい最期と聞いております。

上田佐太郎もあの気性を秀吉に気に入られ、ずいぶん可愛がられましたが、関ヶ原で落魄して牢人となっております。だが、あのかぶき者、いずれ、世に出なおすでしょう。

坂井直政殿、江口正吉殿、大谷元秀殿は、長重様を懸命にお支えしております。長重様とその落魄と復活を共にされております。お見事なお心構えです。

溝口秀勝殿、村上頼勝殿は、徳川幕府の下で大名として、その身を存《なが》えております。

この乱世を見事に切り抜けた。これはこれで強かな生き様ではないでしょうか。

皆、己の考えで乱世をゆきました。

私は丹羽様亡き後、秀吉に捨て扶持と閑職で飼われて、生き恥をさらしてまいりました。

『大かうさまくんきのうち』などという、秀吉に迎合する史記を書かされたりもしました。

屈辱に耐えたのは、ひとえに、あなた様との約定を果たす、すなわち、信長様の史伝を書く、その一念でございます。

その史伝は、長年に亘って、纏《まと》め、書き綴ってまいりました。

何度となく見直し、やっと完成へと近づいてまいりました。いよいよ最後の最後でございます。

仕上げに至り、一つ考えあぐねていることがございます。お聞きいただけますか。

その締めくくりでございます。

本能寺で信長様と近侍衆、二条の御所で織田信忠様、村井貞勝様らが討死にし、都が騒擾したこと。その風聞が安土に至って、留守居役が城を放棄して逃げたこと。この辺りまでは、随分と詳しく書けたように思います。

——そして徳川家康様ご一行は伊賀越えにて逃れた——

いや、ここまでです。これ以上は書きますまい。

後世、この記を見た者は、信長様の史伝の最後が徳川様の伊賀越えであることを不思議に思うかもしれません。

それも良いでしょう。それぐらいの謎かけはしておきたいものです。

『信長記《しんちょうき》』と銘打ったこの史伝。

私が全身全霊をかけて、己の記憶、記録だけでなく、信頼できる知己に尋ね、土地を訪れて史料を漁り、丹精を凝らして書き上げた、あの信長様の真のお姿でございます。

丹羽様、いかがですか、とくとごらんください。

きっとご満足いただけましょう。

私の浮世での命も、もう終わろうとしております。

これで、この太田牛一も、あなた様と、信長様の元へゆけます。

やっと重い荷をおろせるのです。

丹羽様お許しくださいますな。

おや、申し訳もございません。すっかり長くなりました。

妻が呼んでおります。いえ、妻とはいえ、今更、内縁ではございますが。

恥ずかしながら、老いぼれの死に際をみとってくれるおなごと添うております。

この年になって、と、お笑いください。

名は、奈津——お奈津と申します。

丹羽様は憶えておりますか。

いやいや、憶えておりませんでしょうな。無理もないことです。

さて、丹羽様。

もうこれで真に終わりにいたします。

信長様の史伝と並べて書いておりました、この「織田一、丹羽五郎左長秀の記」いかがすればよいでしょうか。

丹羽様は、書くな、と言われましたが、私は書かずにはおれませんでした。

一途に信長様を支え、信義という一言で仕えた丹羽長秀という男がいたことを。

しかし、やはりこれは公にはできますまい。

あなた様はきっとお怒りになるでしょう。

あれだけ、ただの織田の五郎左衛門でいたいと言っていた、あなた様ゆえに。

そうですな。

この記は私の死と共に、どこかに埋もれていく。

そして、何百年かのち、どこかでこの書が見つかる。

そんなことがあれば、それはそれで良いのでしょう。

追章　駿府城奥御殿　徳川家康臥所

元和二年（一六一六）、七十五歳の徳川家康は臨終の床にあった。

一月、天婦羅を食した食中毒にて体調を崩した家康の容態は、そのまま快癒せず、小康と悪化を繰り返し、徐々に衰弱していった。

家康は床に臥した状態で、諸大名を謁見し訓示をあたえ、様々な書きおきをして、己の生涯を閉じる準備をした。


その日はすこし体調がよかったのかもしれない。

家康は寝所に息子であり、二代将軍の秀忠を呼んだ。

「秀忠よ」

お、と秀忠は伏せていた面をあげた。

家康は家臣団、大名衆の前で、秀忠の事を「大樹」と呼んだ。

諱《いみな》で呼ぶのを避けるという配慮ではない。

「大樹」とは、将軍のことを指す。家康は、どうしても二代目と軽んじられてしまう息子のことを、公の場でこう尊び、将軍としての重みをもたせようとしていた。父として息子に対して、秀忠、と名で呼ぶのは、よほどのときである。言い残したいことがあるのに違いない。

「御前に」

秀忠は誠意にみちた顔を寄せた。

家康が寝込んでから、何度かこのように枕頭に呼ばれた。

家康はそのたびに語った。

その人生の大半をいくさと、戦国の群雄たちとの虚々実々の駆け引きに明け暮れてきた家康の語ること。それはすべてが跡を継ぐ秀忠への金言であり、徳川幕府成立の基となった歴史の事実であった。

一言も聞き逃すことはできない。

徳川家康といえば、もはや戦国史の生き字引といっても過言ではない。

「これまで言わずにいたことを語る」

どうやら、重大なことを言おうとしている。

それだけで、秀忠の全身が張りつめた。

「信長公が死んだとき。あの伊賀越えのことよ」

秀忠は、胸中で、おお、と感嘆の声をあげた。

伊賀越え、すでに徳川家中で伝説となっている出来事である。

それは、真に伝説、家康が亡くなれば、神話として語り継がれるだろう。

あの時、前日まで堺見物をしていた家康一行は、本能寺での信長横死の報を受け急遽上方を脱した。明智の追っ手、群がる土寇の包囲を逃れ、伊賀の山々を駆け抜け、伊勢から舟に飛び乗り、領国へと帰還した。

伊賀越えの成功がなければ、徳川幕府など存在しない。

そんな政権誕生の秘話となりつつある奇跡のことを語るというのか。

（これは、かけらも聞き逃せない）

秀忠は全身の力をその耳に集めた。

「信長公が本能寺に死んだ朝、早馬が都から馳せ参じ、その報がもたらされた。我らは、堺を出て四條畷《しじょうなわて》まで来ていた。都に向かっておったのだ。報を聞いて、伊賀を越えて帰ることを決めた。だが、途中で、土豪に追われてな、同行の穴山梅雪《あなやまばいせつ》殿が殺された。わしももう腹を切る覚悟だった。そこに現れたのが、茶屋四郎次郎よ」

はい、と秀忠は頷いた。

その話は、徳川家臣団の上から下まで諳《そら》んじている。

京の豪商、茶屋四郎次郎は、もともと信濃守護小笠原《しなのしゅごおがさわら》氏の家臣であり、その没落後は家康に仕え、三方ヶ原《みかたがはら》にも出陣した武士だった。そんな縁もあり、特に徳川家と懇意にしていた出入り商人だった。

大乱を目の当たりにした茶屋は明智勢の目を掠めて、都を飛び出した。

そして、窮していた徳川家康一行を探し求め、見つけると、その顔の広さを活かして、伊賀越えのおぜん立て、道案内を行った。

まさに命を擲《なげう》った、捨て身の献身であった。

この伊賀越えは、茶屋がいなければなされていない。

茶屋はその後徳川家の御用商人として取り立てられ、その二代目、三代目は京都町人頭、長崎代官にも任命され、役人となるのである。

「お主も知っているわな。だがな、秀忠、いくら顔の広い茶屋とはいえ、徒手空拳で、あの魑魅魍魎《ちみもうりよう》が跋扈《ばつこ》する伊賀の山々を神速で駆け抜けられようか」

秀忠は無言でうなずいた。その内実は表にはでないが、公然の秘密として知っている。

茶屋は家康配下のもと伊賀の上忍服部半蔵《はつとりはんぞう》と組んで、己が持ってきた金銀財宝を伊賀の地にばら撒いた。それはまさに路傍に銭をまき散らしながら駆けぬけるようであったという。伊賀の地侍は、賓客でも招くように家康一行を迎え、見送った。伊賀越えの道のりは、わずか三日間、六月四日には家康一行は、伊勢白子《しろこ》から舟に乗れたのである。

同行の家臣たちは皆口を閉ざしているが、茶屋四郎次郎の道案内、それは、その財を伊賀の山中にぶちまけるという、商人のおおいくさだった。

「それも知っているな。だがな、秀忠、あの乱の中、都を飛び出した茶屋がその身に持てぬほどの金銀財宝を持ち合わせていると思うか」

む、と秀忠は顔をしかめた。

そう言われれば、そうだ。

あの突然の謀叛。身も心もなんの支度もしておるまい。まして、茶屋は家康懇意の商人。明智の厳しい警戒の中、荷車を押して、都を出るわけにもいくまい。

(ほぼ裸で、忍ぶように都をでた)

そう考えた方が良いのであろう。

なら、どうやって伊賀越えを成功させたのか。

秀忠が考え込んだのを見て、家康が微笑して頷く。

「そうだ、茶屋は己の一番の強みの金銭を持ち合わせておらんかった。だがな、茶屋が、我らを探して、都から木津川《きづがわ》沿いにくだっていくと、大坂方面から荷駄をひき、車をおす一行が東へ向かうのに行き当たったのだ。その一行は、やはり都の商人衆でな。なんと、武装した槍騎馬の武者に警固されておる。荷は山ほどの金銀財宝、主は茶屋も顔見知りの大崎屋の大番頭よ。そして、こう言ったそうだ。わし、すなわち、徳川家康に会いたい、取り次いでくれ、とな。そして、わしをこの財をもって援けたい、と言ったらしいのだ。

いくら火事場とはいえ、不思議な話だと思わんか」

秀忠は二度三度と、深く頷く。

大崎屋という富商の名は聞いたことがある。だが、過去の人物だ。

そもそも、大崎屋は堺や都を拠点とした商人で徳川家とは親しくない。三河を本拠とし、東海地方で勢力を張った家康は、本能寺の変の前日に初めて堺を訪問したほどで、堺商人との繋がりは薄い。そして、明智の乱の後も大崎屋などとは親しくなっていない。

「茶屋は急いでいたからな、目指すところが同じならとにかく、ということで、共にわしらを追った。そして、その途上で奴は商人らしい才覚でこう考えたのだ。茶屋の顔を使って、伊賀の人々をたぐりよせ、そこに大崎屋の持ってきた金銀財宝を余すところなくばら撒く、そうすれば、この危難は抜けられるであろう、とな。茶屋と半蔵がいて、あとは金さえあればなせる策よ。そして、なかった軍資金はここに転げ込んだ」

それはそうであろう。明智勢は都と安土を押さえることが急務である。伊賀に入れば家康一行を狙うのは、地侍と一揆。すなわち目当ては恩賞。なら、それを上回る金を渡せば、みな手の平を返して歓迎するではないか。

「それを切りだすと、大崎屋の大番頭も快く応じてな。どころか、ならばこの金銀はいっそ茶屋に譲る、茶屋から徳川に献じた方が良い、この乱が終わってお互い無事ならその時に返してくれればいい、と言うのだ。茶屋はその意気に感じ入ってな、よし、返す時はこの金倍にして返すと、大きな約定をした。いや、これは無謀な法螺ではないぞ。あの大乱を乗り切れれば、茶屋は、わし、この徳川家康に取り立てられるに違いない。そして、もちろん、わしはそうした」

おお、と、秀忠は感嘆していた。あの伊賀越えの裏にそんな商人の大勝負があったとは。

（しかし）

と、秀忠は、小首をかしげた。

この話にはまだ謎がある。

その秀忠の仕草に、家康は天井にむけた面を緩めて小さく頷いた。

「わからんことがまだある、な」

「はい」

秀忠は頷く。家康は、言葉に力を込めるためか、その大きな眼をぎょろりと剥いた。

「そうだな、この話を聞いたとき、わしもまずいぶかしんだ。なぜ、大崎屋がゆかりもないわしに肩入れしようとするのか、と。茶屋に問うと、大崎屋はこういったというのだ。大崎屋も肩入れしたい者がいた、だが、その者は申し出を拒んだ。あの急場で、銭はいらぬ、とな。さらにな、今、この金銀を渡すべき者は、畿内でただ一人、それは、信長公の招きで上方に呼ばれ乱に巻き込まれ、丸腰でさ迷っている徳川家康以外におらぬ、織田家の乱で家康が命を落としてはならぬ、そう言って、警固の武者すらつけてくれた、というのだ」

「そ、そんなことを」

ならば、その者は、あの天地がひっくり返った動乱の下で、己を援けるという救いの手を拒絶し、護衛までつけて徳川に譲ってくれた、というのか。

家康は秀忠が狼狽するのを宥めるように二度三度と頷く。

「驚いたか。徳川の天下はそのお方のおかげ、とまで言うつもりはない。ただ、伊賀越えの成功は、そのお方、茶屋、半蔵、そして、我が股肱《ここう》の家臣たちのおかげ。伊賀越えが成されねば、今の徳川はない」

「いったい、それは誰なのです」

「今、お主の御伽衆にその者の倅《せがれ》がおる」

秀忠が瞠目する中、家康の瞳は穏やかに輝いた。

「わしも、あのお方が、なんの誼でわしに好意を寄せるのか気になってな。伊賀者を放って、ずいぶんとその身辺を探らせようとした。いつか、わしと組んで信長公なき後の天下をとるつもりなのか、とな。書状もずい分と出したものだ。しかし、返事はな、徳川殿は織田家の内輪もめに巻き込まれるな。己の力を蓄えよ、とな。とんと、考えがわからなんだ」

家康の声はあくまで乾いている。

「あの小牧の陣の時もな、秀吉に従っているのは不服でないかと思ってな。組んで秀吉に一泡ふかせんと、使者をだそうとした。だがな、小牧の我が陣のすぐ傍に陣取ったと思ったら、もう領国に帰っておらんという。呆気にとられたぞ。そうしておったら、あっさり逝ってしまった。しかも、実は腹を切った、というわ」

秀忠は眉根を寄せた顔を伏せ、首を傾げた。

「わからんだろう、いや、わからん。だから聞いてみたいのだ」

家康は視線だけ動かして、秀忠を見た。

「大樹よ。これは、わしが受けた恩である。そして、その恩人とて、もうおらぬ。今さら、大樹が背負うことはない。知ったとてなにをせよ、と言うつもりもない。だがな、このようなことがあった、ということはよく覚えておけ」

(ここで大樹と呼びなおすのか)

秀忠は頷きながら、そんなことを思っていた。

家康はまるで喉の閊《つか》えがとれたかのように、穏やかに目蓋《まぶた》を閉じた。

「あの世であのお方と会うのが楽しみだ」

解説

細谷正充《ほそやまさみつ》
（文芸評論家）

佐々木功をインターネットで検索すると、まずアニメソングで多数のヒット曲を持つ、ささきいさおが出てくる。これは、ささきいさおの本名及び旧芸名が佐々木功であったためだろう。知名度から考えれば、当然のことである。だが納得はしても、ちょっと残念に感じてしまう。なぜ、作家の佐々木功がトップではないのだと、戦国小説の一ファンとして、思わずにはいられないのだ。

佐々木功は、大分県大分市出身で、東京郊外で育つ。早稲田大学第一文学部卒業後、一般企業に就職した。小学生の頃から書くことが好きで、作文も得意にしていた作者は、赤川次郎《あかがわじろう》のミステリーなどを読むうちに、自分でも物語を書きたいという欲求が芽生えたという。そして司馬遼太郎《しばりょうたろう》と池波正太郎《いけなみしょうたろう》の作品と出会い、歴史小説を書きたいと思うようになる。社会人になって小説から離れるが、三十歳のときに転機が訪れた。仕事に迷いを覚えるようになり、自分が本当にやりたいことを考え、再び創作に戻ったのだ。

このときに思いついたアイデアを執筆し、第九回角川春樹小説賞に『乱世をゆけ　織田の徒花《あだばな》、滝川一益《かずます》』で応募。見事に受賞の栄冠に輝き、作家デビューを果たした。以後、現在まで戦国小説に専念。新たな戦国小説の書き手として注目を集めているのである。

本書『織田一　丹羽五郎左長秀の記』は、作者の第三長篇である。二〇一九年五月に光文社より、『織田一《おだいち》の男、丹羽長秀』のタイトルで書き下ろしで刊行された。主人公は、織田信長《おだのぶなが》の家臣で、事務能力などを高く評価されていた丹羽長秀《にわながひで》。もともと作者は信長に関心を抱いており、それが信長の家臣で、甲賀の忍びの出だという説のある滝川《たきがわ》一益を主人公にしたデビュー作に繋がっていったという。本書や、二〇二三年に刊行された『たらしの城』も、信長の家臣を主人公にしており、作者の重要なテーマのひとつになっていることが窺える。

ついでにいえば、第二長篇の『慶次郎、北へ　新会津陣物語』は、デビュー作に脇役で登場した前田慶次郎《まえだけいじろう》が主役を務めている。また、二〇二一年の『真田の兵《つわもの》ども』は、真田忍びの源吾《げんご》という若者が主人公。デビュー作で示された、忍びへの興味を発展させたものであろう。このように作者は、堅実に自己の世界を広げているのだ。

話を本書に戻す。作者は序章で、寛永四年（一六二七）の江戸城西の丸御殿中奥御座之間に焦点を合わせる。すでに徳川《とくがわ》幕府が盤石になった時代だ。老中筆頭の土井利勝《どいとしかつ》は、隠居した二代将軍徳川秀忠《ひでただ》に、疑問を呈する。外様大名の配置転換で、棚倉《たなくら》五万石の藩主・丹羽長重《ながしげ》を蒲生《がもう》領に移し、十万石に加増したことが、納得できないのだ。長重の父は、織田四天王と呼ばれた長秀だ。本能寺の変後の混乱期を乗り越え、天下人となった豊臣秀吉《とよとみひでよし》に仕えた。しかし長重の代になると、丹羽家は縮小を重ね、さらには関ヶ原の戦いで西軍に参じて、一度家を潰している。その後、家康・秀忠の慈悲で、徐々に大名として復活していたのだ。

先に、落ちぶれた外様大名の立花宗茂《たちばなむねしげ》が、旧領の柳川《やながわ》十万石に復帰したが、これは幕府の政治的パフォーマンスであり、一回やれば充分だ。続けて、丹羽家を厚遇する理由はない。それなのになぜ、このような復活劇が起こったのか。秀忠から厚遇のいわれを聞いた利勝は、「それでは、徳川に天下を取らせたのは、あの男、ということとなりますな」というのだった。もちろん、そのいわれは読者には分からない。だから物語の先が気になってならないのだ。読む気を掻き立ててくれる、鮮やかな序章といっていい。

かくして本格的に始まった物語は、『信長公記』の編纂で知られる戦国武将の太田牛一《おおたぎゅういち》を語り手にしている。そして本能寺の変直後から、ストーリーが進んでいく。なるほど、織田家の家臣だった牛一は、本能寺の変の後、長秀に仕えた。長秀を描くのに、相応《ふさわ》しい人物だ。ただし彼を語り手にしたのは、もっと深い意図がある。これについては後で触れよう。

燃え盛る本能寺を背後にした牛一は、甲賀出の家人の与兵衛《よへえ》と共に京を脱した。目指すは丹羽長秀のいる大坂城だ。途中、都有数の商人・大崎屋《おおさきや》の大番頭と出会った牛一。明智《あけち》光秀《みつひで》に味方する気がない大崎屋は、長秀に味方しようと大金を運んでいた。大番頭と共に大坂城に入った牛一は、長秀が光秀を討つことを期待。兵の数に不安があるが、大崎屋の金を使えばすぐに集められる。だが長秀は、なぜか大崎屋を大坂城から出した。さらに信長の息子の信孝《のぶたか》たちと話し合いをするなど、動きが鈍い。信孝の暴走により凶行が起こるなど、なんだかんだしているうちに、備中にいたはずの羽柴《はしば》秀吉が戻ってきたとの連絡が入ったのである。

以後、秀吉が光秀に勝利した山崎の戦い、織田家の行方を決める清洲会議、秀吉が柴田《しばた》勝家《かついえ》に勝利した賤ヶ岳の戦いと歴史は流れ、秀吉は天下人の道を歩んでいく。秀吉の配下のように振る舞う長秀に、丹羽家の家臣たちは戸惑い、庶人は揶揄した。牛一も長秀の真意が分からぬまま、激動の時代を生きるのだった。

織田信長配下の有名な武将は何人かいるが、その中で、もっとも目立たないのが丹羽長秀だろう。戦場での働きにも不足はないが、派手な活躍はせず、安土城建築の総奉行を務めるなど、能吏というイメージが強い。本能寺の変後の動向もパッとせず、流れのままに秀吉の配下になったように見える。たしかに若い頃から信長に尽くしてきた有能な忠臣だが、小説の主人公になるようなエピソードに乏しいのだ。事実、私が咄嗟に思いつく長秀を主人公にした作品は、死の間際に秀吉に対する恨みつらみを爆発させる、松本清張《まつもとせいちょう》の短篇「腹中の敵」くらいである。

そんな人物を、なぜ作者は主役に据えたのか。しかも物語は、本能寺の変直後から始まるのだ。はたして面白い話になるのかと、ドキドキしながらページを捲《めく》っているうち、ストーリーに引き込まれた。作者の企みが、実に巧みだからだ。先に触れた序章の力もあるが、その外にも読ませる工夫がある。キーポイントは、太田牛一を語り手にしたことだ。織田家中で長秀の働きをつぶさに見ていて、長秀こそ〝織田一の男〟と思っている牛一。織田家中の有名な武将の中で唯一、畿内にいた彼が逆賊の光秀を討つために立ち上がると信じていた。だが、長秀は動かない。理由が分からず、牛一は困惑する。作者は牛一の視点で、信長死後の長秀の動向を、歴史の謎として読者に提示しているのだ。ミステリー的な趣向により、先へ先へと読み進めずにはいられないのである。

そしてラストに至り、長秀の不可解な動向の理由が明らかになる。ここで長秀のキャラクターが、雄々しく屹立するのである。ああ、たしかに彼は〝織田一の男〟だ。露わになった長秀の熱き生き方に、胸打たれた。テクニカルな手法で、長秀の新たな肖像を描き切った、作者の手腕に脱帽だ。

しかも本書には、もう一人の〝織田一の男〟がいる。太田牛一だ。若い頃は剛弓を引く強者であった牛一だが、日記を書いたり、大小の記録や書状を書物として編纂することを好んでいる。要は「書」の人なのである。そのため彼は家中で、筆侍などと呼ばれ、嘲られることもあった。だが生前の信長は、牛一の「書」を認めている。長秀も同様だ。訳ありの女に溺れる（作者の人柄のよさが出た、彼女の扱いもいい）など、時代の激流の中で迷走しかけた牛一だが、最後には己が書くべきことと向き合うことを決意する。それが分かった長秀は、

「さすが、太田よ、織田一の筆侍よ」

というのだ。だから本書は、二人の〝織田一の男〟の物語ともいえるのである。長秀と牛一を、こんな風に表現してのけたことに、またまた脱帽。織田信長及び、配下の武将を主人公にした作品は無数にあるが、そこに新たな一項を付け加えた秀作なのだ。

本書を上梓した作者は、以後、光文社から『天下一のへりくつ者』『たらしの城』を刊行している。ここで〝陽キャの戦国史〟という、新たな鉱脈を掘り当てたのではなかろうか。『天下一のへりくつ者』は、秀吉の大軍に包囲された北条《ほうじょう》家を救うため、得意の弁舌を振るう板部岡江雪《いたべおかこうせつ》の奮闘を描いたもの。北条家の絶望的な状況を理解しながら、前向きに突っ走る奇人の躍動が、実に楽しかった。『たらしの城』は、若き日の秀吉（木下藤吉郎《きのしたとうきちろう》）の、織田家中での出世の切っかけとなった墨俣一夜城《すのまたいちやじょう》の顚末を、弾むような筆致で描き切っている。戦国小説なので、血腥《ちなまぐさ》い場面が当然ある。主人公たちも、悩み苦しむ。だけど、どちらの作品も明るいのだ。

それは江雪も藤吉郎も、常に未来を信じて一所懸命に生きている、陽気なキャラクターだからである。本書を気に入った人は、こちらの作品も読んでほしい。作者の確かな進化を確認してほしい。佐々木功は一作ごとに、独自の戦国を構築している。だからいおう。作者が〝戦国小説一の男〟になることを、本気で期待しているのである。

【主要参考資料】

「丹羽家譜」東京大学史料編纂所所蔵
「新訂 寛政重修諸家譜」編集顧問 高柳光寿 岡山泰四 斎木一馬 続群書類従完成会
「現代語訳 信長公記（全）」太田牛一著 榊山潤訳 ちくま学芸文庫
「織田信長軍団100人の武将」谷口克広・岡田正人監修 新人物文庫
「織田信長家臣人名辞典」谷口克広 吉川弘文館
「名将言行録」岡谷繁実 岩波文庫
「丹羽長秀 信長と秀吉を補佐した『信義』の武将」菊池道人 PHP文庫
「検証 本能寺の変」谷口克広 吉川弘文館
「『信長記』と信長・秀吉の時代」金子拓編 勉誠出版
「信長軍の司令官 部将たちの出世競争」谷口克広 中公新書
「戦国武将の辞世 遺言に秘められた真実」加藤廣 朝日新書
「賤ケ嶽合戦記」志村有弘 勉誠出版
「織豊期主要人物居所集成」藤井讓治編 思文閣出版
「戦国史研究会史料集4 丹羽長秀文書集」功刀俊宏・柴裕之編 戦国史研究会
「京都時代MAP 安土桃山編」新創社編 光村推古書院

二〇一九年五月　光文社刊

光文社文庫

織《お》田《だ》一《いち》　丹羽五郎左長秀《にわごろうざながひで》の記《き》

著　者　佐《さ》々《さ》木《き》功《こう》

2023年4月20日　初版1刷発行

発行者　三宅貴久
印　刷　堀内印刷
製　本　榎本製本

発行所　株式会社　光文社
〒112-8011　東京都文京区音羽1-16-6
電話（03）5395-8149　編集部
8116　書籍販売部
8125　業務部

落丁本・乱丁本は業務部にご連絡くだされば、お取替えいたします。
ISBN978-4-334-79524-5　Printed in Japan

組版　萩原印刷